今夜、死にたいきみは、明日を歌う

双葉社

｜イラスト｜

美和野らぐ

｜デザイン｜

坂上恵子、丸岡葉月
（アイル企画）

1 あかりが灯る

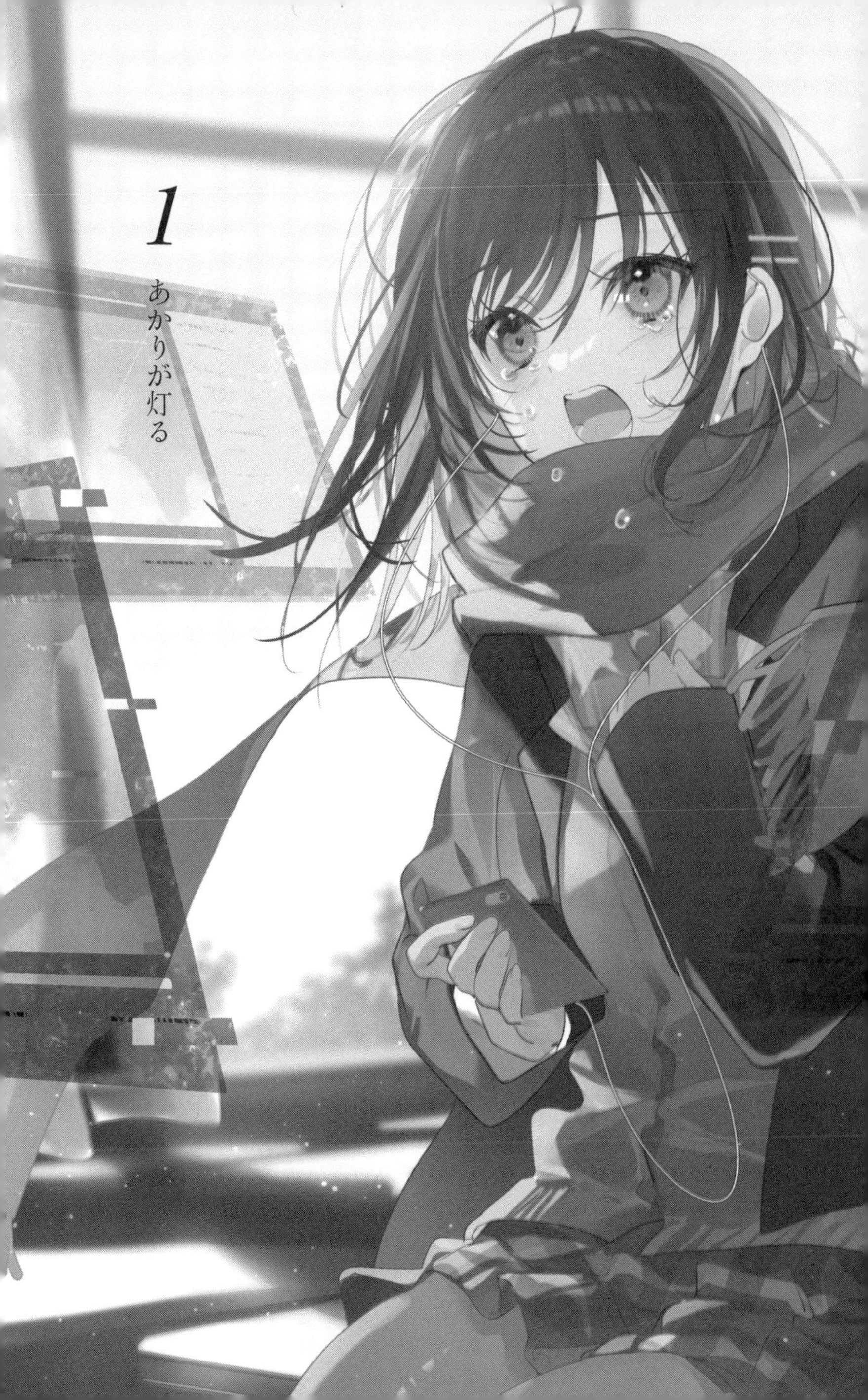

この教室でのわたしの存在感なんて、たぶん、壁に貼られたポスターぐらいなものだろう。

ある日、それが別のものに代わっていたって、きっと誰も気づかない。もしかしたらひとりぐらいは気づいてくれるかもしれないけれど、ああ代わったんだなって一瞬思うだけで、数秒後には意識から消える。それぐらいの、どうでもよくて、主役どころかモブですらない、ときどき視界の隅に映るだけの、背景と同じ。

——それが、わたしだった。小学生の頃からずっと。


「西条《さいじょう》さん、まーた別れたんだってさー」

教室の後ろのほうから、目の前にいる友だちに向けて話すにしては無駄に大きな男子の声が聞こえてくる。

「マジで⁉」とそれに返した男子の声もやっぱり無駄に大きくて、

「え、二組の大島《おおしま》だろ？　このまえだったじゃん、付き合いはじめたの」

「ウケる、最短記録じゃね？　一週間？」

放課後の教室に今残っているのは、その騒がしい男子グループとわたしだけだった。

なんとなく居心地《いごこち》が悪くて、わたしは急いで鞄に教科書を詰め込む。彼らのほうはわたしの存在なんて気にも留めていない様子で、隣のクラスのかわいい女子の恋愛事情について、しきりに盛り上がっているけれど。

気に留めていないどころか、もしかしたら本当に、わたしの存在なんて彼らには見えていないのかもしれない。だからこそ、こんな恥ずかしげもなく、下世話な話題で盛り上がれているのかもしれない。今ここにいるのがわたしではなく他の女子だったなら、彼らはもっと声量を絞るか、話題を選んでいたのではないだろうか。こんな、いてもいなくても変わらない、背景みたいなわたしでなければ。

そんな思いつきはすぐに確信になって、ほろ苦く胸に下りてくる。

軽く唇を噛んで、わたしは鞄の留め具を閉めた。マフラーを巻き、ポケットからイヤホンを引っ張り出す。そのコードが絡まっているのを見て、ああもう、と口の中で小さく呟《つぶや》く。

もつれたコードを乱暴にほどきながら、やっぱりワイヤレスのやつが欲しいなあ、なんて頭の隅で思う。もっと音もいいやつ。このまえお店で見かけたあれ、ちょっと高かったけどやっぱり買っちゃおうかなあ。そんなことをぼんやり考えながら、ほどけたその両端を耳に入れようとしたとき、

「――西条別れたって、え、なにそれマジの情報?」

後ろから聞こえてきた声に、ふと手が止まった。

「マジマジ」とそれを受けて誰かが、食い気味に返す。

「俺、大島から直接聞いたから。一昨日、なんか急に振られたって」

「なんか急に? 喧嘩したとかじゃなくて?」

「さあ。でも前の、村井《むらい》だっけ。あいつも言ってたじゃん? 水族館でデートしてたら、なんかいきなり振られたとか」

「なんだそれ、こっわ。やっぱあのレベルのかわいい子の考えることはわかんねえ」

冗談っぽく怯《おび》えた声でぼやいてから、「でも」と彼は気を取り直したように明るい声を出す。うれし

そうなその声に、一瞬だけ指先が震えた。

「なんにせよ、これでまた西条はフリーになったってわけか。よっしゃあ」

わたしはぎゅっと目を閉じると、イヤホンを耳に深く差し込んだ。ひったくるように鞄をつかみ、早足で教室を出る。

教室の後ろに集まっていた彼らは、出ていったわたしになんて、なんの反応も示さなかった。

もちろん、有賀《ありが》くんも。

わたしがいなくなってもなにも変わらず、同じテンションとボリュームで西条さんの話題を続けているのが、廊下を歩きながら背後で聞こえた。


校舎を出たところで、わたしはポケットからスマホを取り出す。そうしてアプリでプレイリストを開くと、適当なところから再生を始めた。

耳に軽快な音楽が流れ込んでくる。そこでようやく強張《こわば》っていた身体が少しほぐれて、きゅっと縮こまっていた喉を空気が通り抜ける。

うつむき気味に歩いていると、爪先に小石がぶつかった。蹴られたそれは勢いよく転がり、側溝《そっこう》に落ちる。ぽちゃん、と軽い水音がフェンスの下から聞こえた。

——ああ。

なんでか、その様子を目で追っているうちに、わたしはぼんやりと思う。ここ数年、何度となく繰り返し思うことを。

——やっぱり、死にたいなあ、って。


家の扉を開けると、玄関に見知らぬ男物のスニーカーが並んでいた。

誰のだろう、と驚いているあいだに正面にあるリビングのドアが開いて、「あれ」と声が飛んでくる。

びくっとしながら顔を上げると、カーキ色のブレザーを着た男の人がいた。知らない人だった。

「えーと、こんにちは?」

家に入るなり見知らぬ顔と出くわして固まるわたしに、その人は怪訝《けげん》そうに挨拶をする。

「え、あ」わたしも返そうとしたけれど、動揺して咄嗟《とっさ》にうまく声が出せなかった。

ぱくぱくと口だけ動かすわたしの顔を、その人はちょっと戸惑ったように眺める。そうして一瞬、微妙な沈黙が流れたとき、

「なあに、どうしたのー?」

リビングのほうから聞こえてきた高い声が、その沈黙に被さった。姉の声だった。

男の人は後ろを振り返ると、「ひかり」と姉の名前を呼んで、

「なあ、誰か帰ってきたけど。妹?」

「え、あかり?」

男の人の後ろから、ひょこっと姉が顔を見せる。そこでようやく、理解が追いついた。よく見ればあのカーキ色のブレザーは、姉が通っている高校のものだ。

茶色に染めた髪をゆるく巻いた姉は、わたしの顔を見ると、「あ、おかえり」と短く声を投げてから、

「うん、そう妹ー」

すぐに彼のほうを向き直って、先ほどの質問にそう答えた。

「マジか」と彼がちょっと驚いた声を上げる。

「妹とかいたん」

「あれ、言ってなかったっけ」

「初耳。つーか」

そこでまた一瞬、彼の視線がちらっとこちらを向く。口元にどこかバカにしたような笑みが浮かぶのが、嫌になるほどはっきりと見えた。

「似てないね。めっちゃ」

あはは、と姉は合わせるように軽く笑ってから、またリビングへ戻っていく。それを追うように彼もドアを閉め、ふたりの姿が見えなくなる。ばたん、と音を立ててリビングのドアが閉まる。

ひゅっと空気が喉で詰まる感覚がして、わたしは急いで靴を脱ぎ捨てた。

一段飛ばしで階段を上がり、自分の部屋に駆け込む。背後で閉まったドアにもたれかかるように座り込むと、ポケットからスマホを引っ張り出す。

ロックを外そうとすると、指先が震えて少しもたついた。

ホーム画面の、いちばん押しやすい場所。二カ月ちょっと前からそこに設置されたアイコンに、指をのせる。そうしてぱっと開かれたそのアプリの、いちばん上に表示された動画をタップした。

途端、イヤホンからまた音楽が流れ出す。

フリーで配布されている写真素材を背景に、人気アーティストの有名曲をカバーした歌声がのせられた、よくある『歌ってみた』動画。

動画自体はあらためて見る必要はない。だからわたしは迷いなく、画面を下へスワイプする。

現れたのは、その動画につけられた、視聴者によるコメント。


【やっぱりいい声！　すごく好き】

【この曲歌ってほしいなと思ってました。めっちゃ声と合ってて素敵です】

【サビの高音がきれい】

【歌い方とか声とかほんと好みなんよね】

【曲との相性が抜群。またこういうバラード系歌ってほしい！】


鼓動が高く鳴る。画面に触れる指先に、じわりと熱が宿る。

ついているコメントは二十個ほどだった。ほとんどが投稿するたび毎回コメントをくれる常連さんで、新規の人が三人ほど。

そこに表示された文字を、わたしは何度も焼きつけるように目でたどる。そうしているうちに喉をきつく締めつけていたなにかが消え、うまく息が吸えるようになる。冷え切っていた胸が、温かなものに包まれる。

――よかった。

すがるようにスマホを握りしめたまま、わたしはゆっくりと息を吐く。

学校からずっとまとわりついていた苦しさからそこでようやく解放され、目尻に涙が浮かぶ。

わたしが、いる。

ここにだけは、ちゃんと、わたしが存在する。

わたしを見てくれる人が、わたしを認めてくれる人がいる。

それを確認するように、何度も繰り返し、コメントを目でたどる。

【好きです】【マジでいい声】【なんか泣ける】【また投稿待ってます】……。

——録ろう。

最後のコメントにあった『待ってます』の文字をなぞるように画面に触れてから、わたしは立ち上がる。鞄を肩に掛け直し、今しがた入ったばかりの部屋を出る。

録りたい。

録らなきゃ。

——また、歌わなきゃ。

気づけば〝それ〟だけが、わたしの生きるよすがになっていた。


歌は、小さな頃から大好きだった。

きっかけは六歳のとき。家族みんなでカラオケに行ったことがあって、そこでたしか、好きなアニメの歌だとか幼稚園で習った歌だとかを、わたしは何曲か歌った。

そうしたらその場にいた全員が、上手いと褒《ほ》めてくれた。目いっぱいに拍手をして、満面の笑みで、「あかりはすごいな」って。お父さんもお母さんも、言ってくれた。

「もっと歌って」とお母さんに促され、その日はたぶん、わたしがいちばん長くマイクを握っていたと思う。それが面白くなかったのか姉が拗《す》ねて「カラオケ嫌い、もう行きたくない」と言い出したので、けっきょく家族でカラオケに行ったのはその一度きりになってしまったけれど。

それでもその一日のことは、今でも鮮明に思い出せる。強烈に記憶に焼きついて、ずっと胸の奥で輝いている。

思えばそれが、最初で最後だったから。

家族の中で、姉以上にわたしが注目され、もてはやされたことなんて。


自転車で十五分ほど走った先にある、カラオケ店のドアを通る。家からいちばん近いカラオケ店で、あの日、家族で来たのもここだった。

あれ以来一度も、家族でこのお店を訪れることはなかったけれど、わたしだけはもう数えきれないぐらい、ここへ通い続けている。とくにこの二カ月は、ほぼ毎日のようなペースで。

受付を済ませると、いつもと同じ部屋に通された。このお店でいちばん狭い、たぶんひとり客用に設定されている個室。

なんだかもう自分の部屋ぐらい馴染《なじ》んでしまったこの場所で、わたしはいつものようにセッティングを始める。スマホで歌声を録音するためのアプリを起動し、スタンドをテーブルに置く。

歌う曲なら決めていた。前回動画を投稿した際、コメントに【次はこれを歌ってほしいです】というリクエストがきていたから、それにした。

動画を継続して見てくれる人たちが増えてから、そういうリクエストもよく届くようになった。そして届いたときには、わたしは極力それに応えるよう心掛けている。知らない曲でも何度か聴いて練習して、投稿した。

無数にある動画の中からわたしの動画を見つけてくれて、聴いてくれて、好きになってくれた人だ。これからも好きでいてほしかったし、聴き続けてほしかったから。

ダウンロードしてきた音源を再生しようとして、その前にもう一度、前回の動画のコメント欄を開く。すでに覚えるほど読み込んだコメントのひとつひとつを、また読み返していく。

【灯《ともる》さんの声、ほんとに好きだー】

【声も歌い方も良すぎ。灯さん、これからも推します！】

『灯』。

歌い手としての、わたしの名前。

最初はそのまま『あかり』という名前で投稿しようとしていたのだけれど、さすがに本名は恥ずかしくなって、投稿直前に三分ぐらい考えてつけた。

本名が『あかり』だから、あかりが灯る、で、『灯』。

なんのひねりもない、安直な名前だ。それでもこうして視聴者から名前を呼ばれるうちに、気づけばその名前に、わたしは本名以上の愛着を感じるようになった。

思えば実生活の中で、『あかり』という名前を呼ばれることなんてほとんどない。

クラスメイトたちはみんな、『水篠《みずしの》さん』とわたしを名字で呼ぶし、たぶんわたしの下の名前を知っている人自体、クラスにはほとんどいないと思う。

家族からはさすがに名前で呼ばれるけれど、そもそも家族とあまり話さないから、呼ばれる機会はさほど多くない。

だからむしろ、『あかり』と呼ばれるより『灯』と呼ばれる回数のほうが今は圧倒的に多くて、自分的にもこちらのほうが馴染んできた気がする。

——いっそ本当に、そうなれたらいいのに。

灯さん、と好意的に呼びかけてくれる文字を指先でなぞりながら、ふと思う。

もうずっと、あかりじゃなくて、灯として生きていければいい。

あかりはぜんぜん駄目だけど、灯なら、存在を認められている。好きだと、言ってもらえている。

灯は教室の掲示物でも、道端の石ころでもない。ちゃんと誰かの視界に入って、誰かの世界に存在している。

だから灯なら、死にたいなんて思わない。

――あかりと違って。

「……歌お」

なにかを振り払うように呟《つぶや》いて、わたしはコメント欄を閉じる。イヤホンを耳にはめる。

歌わなければ、わたしは灯になれないから。

早く灯に、なりたい。

ひとつ息を吐いて、スタンドに置いたスマホに触れる。ダウンロードした音源を再生する。

動画投稿を始めて二カ月以上が経って、このへんの操作もすっかり手慣れた。最初の頃はわからないことばかりで、ネットで必死に調べながら試行錯誤していたけれど。

……最初。

思い返して、ふと胸がちくんと痛む。

放課後に教室で聞いた、西条さんが彼氏と別れたことを喜ぶ有賀くんの声が、ふいに耳の奥によみがえってきた。

べつに、知っていた。

有賀くんはずっと西条さんのことが好きで、どれだけ冷たくあしらわれてもめげずにアプローチを続けていて。今は西条さんのほうにその気はないみたいだけれど、それでもきっといつか、あのふたりは付き合うのだろう。それはそれはお似合いの、絵になるカップルになるのだろう。

――べつに、いいんだ、それで。

そもそもわたしみたいな道端の石ころが、太陽そのものみたいな彼とどうこうなりたいだとか、そんなの、願うことすらおこがましいから。

だからこれは恋じゃない。

ただ、感謝しているだけ。

わたしの世界を変えてくれた恩人である、有賀くんに。

あの日から、ただただ、ずっと。


「え、すご。なんか、めっちゃ上手くない!?」

音楽の授業中だった。

一カ月後に迫った合唱コンクールの課題曲である、『ＣＯＳＭＯＳ』を歌い終えたとき。隣で歌っていた男子が勢いよくこちらを向いたかと思うと、いきなり大きな声でそんなことを言ってきた。

一瞬わたしは、自分に向けられた言葉だとわからなかった。

わたしの隣か、後ろにいる誰かに向けられた言葉だと思った。

だってそれが、有賀くんだったから。

いつもクラスの中心にいる、いわゆる一軍の彼とは、今まで話したことどころか、「おはよう」や「ばいばい」の挨拶ですら、一度も交わしたことはない。そんな彼がわたしに話しかけてくるなんて思わなくて、わたしは思わずぽかんと固まってしまったけれど、

「横で聴いててびっくりした！　え、もしかして、なんかやってたりする？」

興奮気味にまくし立てる有賀くんは、間違えようもないほどまっすぐに、わたしを見ていた。軽く目を見張って、感動したように顔を輝かせて。

「え？　あ、え、えっと」

突然の事態にまごつきながら、わたしはおろおろと言葉を返すと、

「な、なんかって……？」

「なんかほら、歌う活動？　とか。習ってたりすんの？」

「と、とくになにも……」

「ええ、もったいな！　なんかすればいいのに。マジで上手いし、ほらあれ、『歌い手』とか！」

いいこと思いついた、という感じで人差し指を立て、有賀くんが言う。まるで、友だちに向けるかのような気安さで。

なんだか圧倒されて、「歌い手」と呆《ほう》けたように繰り返すわたしに、「うん」と有賀くんは白い歯を見せて笑うと、

「そんだけ上手いなら、けっこうマジで人気になれそう！　いい声だし」

顔は笑っていたけれど、有賀くんの口調にからかうような色はなかった。ただの軽口だとはわかっていた。だけど彼が本気でそう言ってくれているのも、わかった。

瞬間、心臓をぎゅうっと握りしめられたようだった。

視界が揺れる。急に辺りの空気が薄くなったみたいに、息がしにくくなる。

——歌い手。

そこで有賀くんの友だちが彼を呼んで、わたしたちの会話は終わったけれど、わたしの頭には鮮烈にその単語が焼きついていた。

まっすぐにわたしを見てくれた、有賀くんの太陽みたいな笑顔といっしょに。

その日、家に帰ったわたしは、さっそくネットで歌い手活動について調べてみた。

機材などいろいろと準備がいるのかと思ったけれど、案外スマホさえあればなんとかなるらしい。場所も、とくにスタジオを借りたりはせず、自宅やカラオケで録音している人たちが多いとか。投稿も、動画投稿サイトにアカウントさえ作れば、誰でも無料で行えるらしい。

——これなら。

調べていくうちに、身体の奥にふつふつと熱いものが込み上げてくるのを感じた。スマホを操作する指先が、かすかに震える。

これなら、もしかして。——わたしにも、できる?

気づけばわたしは取りつかれたように、録音に使うアプリをダウンロードし、音源を探していた。誰もやり方を教えてくれる人なんていないから、ネットで動画を観たりして、作業は見よう見まねで進めた。

家族のいる自宅で歌うのはさすがに恥ずかしかったので、録音はカラオケで行った。何度も録り直し、編集も何度かやり直しつつ、最初の動画は三日がかりでようやく完成させた。

三日かけても出来上がったのは、とくになにか凝ったものでもない、ただ素人が歌うだけの動画だったけれど。

サイトに上げたところで誰か聴いてくれる人がいるのかは正直、半信半疑だった。編集しながら何度となく恥ずかしさが込み上げてきて、やっぱりやめようかとも考えた。

だけどそのたび、頭に浮かんだ。

あの日、上手いと褒めてくれた有賀くんの声が。どうしようもなく何度も、リフレインした。

――もし。

そして同時に、すがるような渇望《かつぼう》が、身体の底から湧いてくる。

目眩《めまい》がするほどの切実さで、願ってしまう。

もし、ひとりでもいいから。上手いって、言ってくれる人がいたら。

あの日の有賀くんみたいに、わたしに気づいて、認めてくれる人がいたら――。

それは想像するだけで身体が震えてくるほど、わたしが心の底から求めてやまない、希望だった。

それだけで、明日からもこの息が詰まる世界を、生きていけそうな気がするぐらいに。

はじめて投稿ボタンを押すときは、さすがに手が震えた。全力疾走した直後みたいに、心臓が暴れていた。

投稿すると同時に恐怖にも似た緊張が押し寄せてきて、わたしは逃げるようにスマホを閉じ、視界の外に置いた。増えない再生数だとかをずっと眺めているのは、いろいろと耐えられなくなりそうで。夜だったのでそのままベッドに入り、その日はそれきりスマホには触れないまま、眠りについた。

そうして翌朝。

意を決してスマホを手に取り、動画投稿サイトを開いたわたしは、息が止まりそうになった。

再生数のところに表示されていた、『16』の数字に。

目を見開き、しばし、食い入るようにそれを見つめた。見間違いではないことを、何度も確認した。

昨日はたしかに、『0』だった。

投稿してから、わたしは一度もサイトを開いていない。だからこの数字は間違いなく、わたし以外の誰かが聴いてくれた回数で。

——十六回。

初投稿としてその数字がどれほどのものなのかは、さっぱりわからなかった。まずまずの数字なのか、ぜんぜん駄目なのか。初心者の再生数の相場なんて知らない。だけどそんなの、どうでもよかった。

十六回、誰かがわたしの歌を聴いてくれた。顔も名前も知らない、どこかの誰かが。わたしに気づいてくれた。見つけてくれた。存在を、知ってくれた。

それだけで、身体の芯が震えた。胸の奥に熱いかたまりが込み上げてきて、叫びたくなった。

——それが、二カ月前。

わたしが『灯』としての活動に一瞬でのめり込んだ、始まりだった。

それからはひたすら、録音しては投稿する、の繰り返しだった。毎日少なくとも一回、多ければ二〜三回、動画を投稿した。

回数を重ねるごとに、視聴者は少しずつ、だけど着実に増えていった。それが実感できたから、わたしはますますのめり込んだ。

わたしの歌を、聴いてくれる人がいること。

それは本当に、全身が打ち震えるような喜びだった。

はじめてコメントをもらった日のことは、今でも昨日のことみたいに、はっきりと思い出せる。

【声も歌い方も好き】

その八文字を目にした瞬間、息が止まった。

胸の奥に熱いものが広がって、その熱がいっきに喉元まで突き上げた。スマホを握る手がぶるぶると震えだし、気づけば涙があふれていた。

顔も名前も知らない人。この動画以外、わたしとはなんのつながりもない人。

そんな人から向けられた『好き』は、どこまでも透明にまっすぐに、胸に刺さった。

報われた、気がした。

わたしの生きてきたこれまでの十五年間が、その瞬間に。

そのたった八文字に、すべてを肯定してもらえたような、そんな気すらした。

――ああ、わたしはずっと、この言葉が欲しかったんだ、って。

そのとき、気づいた。


昔からずっと、道端の石ころみたいな存在だった。

家にはわたしよりずっと華やかな姉がいて、両親ともにわたしより姉のほうを好いていた。べつに、それ自体についてはとくになにも思うことはなかった。わたしが自分の親だったとしても、きっと自分より姉のほうを好きになるとわかるから。

小さな頃から、姉のかわいさは際立っていた。ぱっちりとした大きな目も、すっと通った鼻筋も、サラサラの髪も、すらりと長い手足も。わたしの持っていないものを、ぜんぶ姉だけが持っていた。見た目だけではない。性格も、姉のほうがずっと社交的だった。

明るくて人懐っこくて話し上手で。当然、周りの大人たちにはよく好かれた。両親だけでなく、親戚も、近所の人も。姉の前でうれしそうに笑い「ひかりちゃんはかわいいね」なんて褒めているとき、隣にいるわたしのことなんて、きっと誰の視界にも入ってはいなかった。

成長するにつれ、わたしたち姉妹のそんな差は縮まるどころか、加速度的に広がっていった。

姉は道を歩いているだけで声をかけられ、雑誌の読者モデルやら美容室でのカットモデルやらをしょっちゅうこなしていた。彼女がよく自撮りを載せているＳＮＳのフォロワーは、気づけば四桁をゆうに超えていた。

――だから、当たり前のことだった。なんの疑問も、悲しみすら湧かないほど。

わたしは姉みたいに、その日の出来事を食卓で面白おかしく話して笑わせたり、「彼氏にお弁当作ってあげたいから料理を教えて」なんてかわいらしく母に甘えたり、そうしてふたりで台所に立って楽しそうに料理をしたり、そんなふうに親を喜ばせることが、なにひとつできないから。

学校に友だちがいないから、報告できるような楽しい出来事なんてひとつも起こらない。もちろん彼氏だって一度もできたことはない。

ただ教室の隅の掲示物みたいな存在感で、その場にいるだけ。いじめられたことすら一度もない。きっと誰の視界にも映っていないから。

勉強でも運動でも、秀でたところなんてない。見た目も平凡中の平凡で、すれ違っても数秒後には忘れるような、なんの特徴もない顔。性格も根暗で消極的で、ただ真面目なだけの、なんの面白味もない人間だと自分でわかる。

わかるから、現状をどうにかしたいだとか、そんな思いすら湧かず、こんなつまらない人間はこれからもこうして日陰でひっそりと生きていくしかないんだ、って。どんなにつまらない人生だとしても、つまらない人間にはそれしかないんだ、って。

そう納得して、受け入れてきた。

なのに。

「え、すご。なんか、めっちゃ上手くない!?」

あの日、有賀くんが向けてくれた賛辞に、どうしようもなく胸が震えた。

息が詰まるほどうれしかった。

同時にいてもたってもいられなくなって、それから衝動的に、歌い手の活動を始めてしまうぐらいに。

――本当は、受け入れたくなんてなかったんだ。

歌いながら、わたしはまざまざと自分の心に突きつけられるのを感じた。

誰の視界にも映らないこと。なんの価値もない、つまらない人間として生きていくこと。

本当はそれが、死ぬほど嫌なんだって。

わたしはここにいる。これがわたしなんだ。昔から歌が好きで、これだけは実はほんのちょっとだけ、他の人より上手いんじゃないかって、そんな自負を持っていて。だけど誰にも言えなくて、だからずっと誰にも聴いてもらえずにいた、わたしの歌を。

お願いだから、誰か聴いて。

誰か、こんなわたしを見つけて、って。

――そう、歌いながら、叫んでいた。


一時間歌って、二曲納得のいく録音ができたところで、わたしはカラオケ店を出た。

自転車の鍵を外しながら、ふと、先ほど玄関で鉢合わせた姉の彼氏のことを思い出す。

……まだいるかな。また、鉢合わせるのは嫌だな。

わたしを見てバカにしたように笑った彼の口元を思い出し、自然と、足が家とは反対方向へ向かう。

そうして着いたのは、カラオケ店から五分ほど自転車で走った先にある、ＣＤショップだった。

ここもカラオケ店ほどではないものの、しょっちゅう訪れている。

ここ数年、音楽はダウンロード配信が主になり、ＣＤを買う機会はかなり減ったけれど、それでもＣＤショップという場所は今も大好きだった。なにも目的はなくとも、自然と足が向かってしまうぐらいに。

店内にずらりと並ぶジャケットを眺めているだけでも、心が躍った。試聴機が用意されているので、それを聴いているうちに思いがけない曲との出会いがあったり、なにより音楽があふれる場所で、音楽に囲まれることができるというだけでも、その場所はたまらなく魅力的だった。

お店の自動ドアが開くと同時に、耳慣れたイントロが流れ込んできて、あ、と思う。すぐに気づいた。ほんの一週間前に歌って、投稿した曲だったから。

人気アーティストの曲ではあるけれど、別シングルのカップリング曲で、この曲自体はそれほど有名ではない。わたしも、コメントで【この曲を歌ってほしい】というリクエストがくるまで知らなかった。だけど試しに聴いてみるとすごく気に入って、動画を投稿したあともいまだによく聴いている。投稿した動画の評価も上々だった。マイナーな曲にしては再生数もコメントも多かった。

だからなんとなくわたしにとっては思い入れのある曲で、これが流れていることにちょっとうれしくなる。センス良いなあ、なんて上から目線で評価したくなる。

このお店は、以前からそうだった。店内で流れる音楽が、わたしの趣味と合っている。わたしが動画を投稿した曲がよく流れていたり、逆にここで聴いた曲を気に入って、後日歌ってみることも多い。そんなところも含めて、なんだかわたしにとっては、とても居心地の良いお店だった。

好きな曲が流れているだけで良い気分になりながら、わたしは妙に軽やかな足取りで店内を歩く。外にいるときはたいていつけるようになったイヤホンも、ここでは外す。ここでだけは耳を塞がなくても、大好きな音楽が覆ってくれる。

次はなにを歌おう、と考えながらあふれる音楽を見渡しているだけで、胸が甘くふくらんだ。新譜の棚を見て、ランキングを見て、奥へ進んで……と、いつものお決まりのパターンで、店内を歩いていく。

今わたしの他にいるお客さんは、仕事帰りらしきＯＬ風の女の人だけだった。

他のお客さんが少ないというのも、わたしにとっては、このお店の魅力のひとつだった。いるとしてもある程度年齢のいった大人がほとんどで、わたしみたいな高校生の姿はない。だから知り合いに会う恐れがほとんどなくて、それも本当にありがたい、と勝手に思っていた、のだけれど。

「――あの」

ふいに後ろで声がした。

すぐには、それがわたしに向けられた声だと気づかなかった。このお店で誰かに声をかけられるなんてこと、今まで一度もなかったから。

気づかず試聴機のほうへ手を伸ばしかけたとき、ぽんぽん、と軽く肩を叩かれた。

心臓が跳ね、一瞬息が止まる。

弾かれたように振り向くと、黒いエプロンをつけた男の店員さんが立っていた。それにほっと力が抜けかけたのもつかの間、彼の顔を見てまた一瞬、息が止まった。

それが、クラスメイトだったから。

「あ……」

——丹羽《にわ》くん、だ。

話したことはないけれど、有賀くんと仲が良くて、よくいっしょにいるから知っていた。

思いがけない形でクラスメイトと遭遇《そうぐう》したことに、わたしは咄嗟に反応の仕方がわからなくなる。

アルバイトだろうか。今までもずっといたのだろうか。気づかなかった。まさか店員側に知り合いがいるとは思いもしなかったから。今まで一度も、店員さんのほうは気にして見たことすらなかった。

どうしよう、なにか言ったほうがいいのかな、と一瞬混乱して、わたしが次に発する言葉を選びかねていたとき、

「これ」

丹羽くんは短く言って、すっとなにかをこちらへ差し出した。

「落としましたよ」

見ると、彼の手にあったのはウサギのキーホルダーだった。わたしの鞄にぶら下がっていたはずの。

はっとして鞄を見ると、たしかにそこからウサギが消えている。

「あ……あり、がとう、ございます」

わたしはぎこちなくお礼を言って、キーホルダーを受け取る。

丹羽くんはそれに短い会釈だけ返すと、くるりときびすを返した。

やり取りは、それで終わった。

わたしは思わずその場に立ちつくしたまま、呆けたようにその背中をしばし見送っていた。

――ああ。

理解は、一拍遅れて追いついた。

気づかれなかった、のか。

途端、頭から冷水を浴びせられたみたいに、全身が冷たくなる。

ぴくりとも動かなかった丹羽くんの表情と、ひどく事務的な口調だけで、理解するには充分だった。

丹羽くんはわたしがクラスメイトだと、気づいていなかった。ただのお客さんのひとりとして、最低限の対応をした。

理解すると同時に、言いようのない羞恥が、いっきに胸を満たす。ひとり動揺していたさっきの自分がバカみたいで、消えたくなる。

それはそうだろう、と遅れて思う。

わたしが有賀くんの友だちである丹羽くんを知っていたからって、向こうもわたしを知っている理由なんてない。クラスメイトだからといって、なんの興味もない相手ならいちいち顔を覚えない人もいるだろう。丹羽くんにとってのわたしは、そうだったというだけ。

それはそうだ。当たり前だ。なにを自惚《うぬぼ》れていたのだろう。バカみたいだ。

――忘れていた。わたしはあの教室の中で、ただの掲示物だったんだ。

家に帰ると、玄関に男物のスニーカーはなかった。

それにほっと息を吐いて、わたしは靴を脱ぐ。そうしてリビングへ向かおうとしたけれど、ドアノブに手を伸ばしかけたところで、中から母と姉の笑い声が聞こえてきた。

思わず動きが止まる。どうやら母は、さっき来ていた姉の彼氏と会ったらしい。彼について、ふたりで楽しそうに話している声が聞こえた。

いつから付き合いはじめたの？　このままえまで違う子だったのに。でも彼もかっこいいわね、優しそうで、とか。まるで友だち同士みたいに。

わたしはしばしそこに突っ立って迷ったあとで、けっきょく、ドアを開けることなくきびすを返した。のろのろと階段を上がり、自分の部屋に入る。鞄がずるりと肩をすべり、床に落ちた。

録音がうまくいったことや、ＣＤショップでお気に入りの曲がかかっていたことでほんの少し浮き立っていた気持ちも、今はすっかりしぼんでいた。

教室で聞いた、西条さんのことをうれしそうに話す有賀くんの声。玄関で見た、姉の彼氏の嘲《あざけ》るような笑み。ＣＤショップで向けられた、丹羽くんのこれ以上なく素っ気ない態度。それらが代わる代わる頭をめぐって、息が苦しくなる。

死にたいと思うのは、いつもこういう、何気ないときだった。

なにか決定的な出来事があったわけではなくて、ただこんな、悲しいことがたまたま重なったときだったりする。

誰にもわたしを好きになってもらえないこと。わたしが誰の視界にも映っていないこと。どれだけ『灯』が褒められたとしても、けっきょくわたしは『あかり』で、『あかり』がぜんぜん駄目な人間であることは、なにも変わらないこと。

そんなことをどうしようもなく実感してしまったときだとかに、いつも思う。

ああやっぱり、死にたいな、って。

深く息を吐いて、わたしはポケットに手を入れた。スマホを取り出し、ロックを外して、動画投稿サイトを開く。

この三カ月で、なんだかすっかり指に染みついてしまった行動。なにも考えていなくても、わたしは気づけばその動作を繰り返している。すがるように、何度もそこを見てしまう。

流れるように画面をスワイプし、コメント欄を見る。そうしてもう覚えるほど読んだコメントを、ふたたび読み返そうとして、

「……え」

思わず声が漏れた。

コメントが、増えていた。

コメントがつくのは基本的に、動画を投稿してから数時間以内だった。

投稿を待ってくれていた常連さんが、投稿直後に立て続けにコメントをくれて、そのあとに新規の人からちょこちょことコメントが届いて。時間が経つにつれ増え方は落ち着いていき、やがて潮が引くように終わる。それがいつもの流れで、この流れから大きく逸脱するようなことは今までなかった。

もちろんときどきは、投稿から一日以上経ってからぽつぽつとコメントがつくこともある。だけどそんなことは稀《まれ》で、ついたとしても一日にひとつかふたつぐらいなものだった。

なのに。


【まじでいい声。エモい】

【素敵なカバー！　知れてよかった】

【よき】

【感情がこもった歌い方がいいな】

【なんか泣ける声】


——今、コメントが、五つも増えている。

前回コメントを確認したのはカラオケ店で、歌を録音するとき。およそ二時間ほど前だった。

そのたった二時間で、五つ。しかも投稿から一日以上経った、今に。

驚いて、わたしは見間違いではないことを確かめる。さらにそれらのコメントの投稿時間を見てみると、どれも今から二十分以内だった。

二十分で、五つ？

どくどくどく、と耳元で鼓動が鳴る。指先が緊張で強張る。

なんだろう。なにが起こったんだろう。混乱しながら画面を上へスワイプし、何気なく再生数を見たとき。また、心臓が大きく跳ねあがった。え、とふたたび声が漏れる。

——再生数の桁が、ふたつ、増えていた。

さすがにそこで、なにかあったのだと悟った。

鼓動が速まるのを感じながら、わたしは検索エンジンを開く。

『灯　歌い手』とか『灯　歌ってみた』とか、適当に単語を組み合わせてエゴサーチをしてみる。だけど引っかかるのは自分で投稿した動画ばかりで、とくに目ぼしいものは見当たらない。

一階から、母がわたしを呼ぶ声がする。ご飯、という単語がちらっと耳に届いたけれど、反応する余裕はなかった。

背中を丸め、かじりつくようにスマホに向かい、わたしは呼吸も忘れるぐらい夢中で、指先を動かしていた。


そうして見つけたのは、とあるＳＮＳだった。

【このカバーめっちゃいい！　好き！】

そんな短いコメントとともに、わたしの動画のＵＲＬが載せられた投稿。

投稿時間は二十分前で、間違いない、と思った。

——これ、だ。

目にした瞬間、スマホを持つ手が震えた。

その投稿者の名前は、わたしでも知っているものだったから。

音声合成ソフトを使って曲を作り、動画投稿サイトへ投稿している、人気の音楽家。わたしも何曲か、その人の曲を歌ってきた。サイトでのチャンネル登録者もＳＮＳでのフォロワーも何十万単位で持つ、いわゆるインフルエンサー。その人が。

わたしの動画を、紹介していた。

全身が心臓になったみたいに、大きく脈打つ。そこにある光景がすぐには信じられなくて、食い入るようにその投稿を見つめる。そのあいだにも、投稿につく『いいね』とリプの数が、ものすごい勢いで増えていく。

これが与える影響の大きさは、すぐにわかった。

ふたたび自分の動画へ戻ってみると、この数分で、また再生数がとんでもない増え方をしていた。比例して、コメントもかなり増えている。

【たしかにいい！　なんか味わいのある声】【ハマった】【ふつうにめっちゃ上手い】【これからリピります】……。

ページを更新するたび、コメントが次々に増えていく。再生数も、チャンネル登録者数も。

わたしはスマホを握りしめたまま、ただ呆然と、その様子を見ていた。

今までも、こんなふうにＳＮＳでわたしの動画を紹介してくれる人は何人かいた。その人たちと同じように、またひとり、わたしの動画を見つけて気に入ってくれた人が、好きだと言って紹介してくれた。ただそれだけ。今までと同じ、ひとりの人の、ひとつの好き、なのに。

それを誰が言うかで、こんなにも違うなんて。

ただただ圧倒されていた。指先が震えだし、やがてその震えは全身に広がった。

——その日。はじめて、わたしの動画がバズった。

翌朝。

世界が、変わっていた。

「ね、ね、この動画見た？　灯って人の」

「あー、それ見たかも！　昨日ソラが紹介してたやつでしょ」

「はじめて歌聴いてみたんだけど、いいよね」

教室の中で灯の話題が聞こえるという、信じられないような事態が起こっていた。

クラス中で盛り上がっているというほどではない。バズったといっても、歌い手界隈で軽く話題になったぐらいのもので、一晩も経てば、再生数も勢いは落ちていた。

それでもその日は、教室の中で、灯の名前を口にするクラスメイトがいた。斜め後ろの席で、ふたりの女子が灯について話している声が聞こえてきた。

嘘みたいだった。

灯を知っている人が現実世界に、わたしと同じ空間に、いる。

耳慣れたクラスメイトの声でその名前がつむがれていることに、たまらなく不思議な気分になる。聞こえるたび心臓が大きく脈を打ち、全身に力がこもる。なにを言われるのかとてつもなく怖いくせに、それでも耳を澄まし、必死にその声を追ってしまう。

灯としての活動のことは、リアルでは一切明かしていない。

明かすような友だちもいなかったし、家族にも言う気にはならなかった。

わたしみたいな根っからの日陰者が、ネットではこんな派手な活動をしているなんて知られたら、なにを思われるのか怖かった。キラキラしたネット世界での灯と、現実世界でのわたしを、結びつけたくないというのもあった。

だから本当に、はじめてのことだった。

「てかこの人、めっちゃいろんな曲投稿してるよね」

「このカバーとかけっこうよかったよ。声と曲が合ってて、あたし好きだった」

「え、どれどれ？　今度聴いてみよ」

灯のことを話す声がする。灯が、この教室の中に存在している。

信じられない。

心臓が暴れている。頬や耳が熱い。机の上で握りしめた手のひらに、汗がにじむ。

——まさかこんな日が、くるなんて。

とりあえずわたしに拾えた範囲では、彼女らからの評価はおおむね上々のようだった。

「たしかにけっこう上手い」とか、「まあ、わりと好きな声」とか、なんだかよけいな修飾語がついた表現が多かったけれど。

それでも顔の見えるクラスメイトからの声は、ネットでもらう匿名《とくめい》の評価とはぜんぜん違う手触りがあって、胸が震えた。

昨日バズったときは少しだけ、これをきっかけにわたしが灯だとバレたらどうしよう、なんてことを心配したりもしたけれど、そこはまったくの杞憂のようだった。「あれ、ひょっとしてこの声……?」なんていぶかしむような声は、どこからも聞こえなかった。顔は隠しているとはいえ、声はそのままなのに。

だけど思えば、わたしは教室でほとんど声を発することがない。だからクラスメイトたちはきっと、わたしの声なんて記憶にないのだろう、と遅れて思い至る。それから、自惚れた心配をしていた自分が、ちょっと恥ずかしくなった。


耳を澄ませ、夢中でクラスメイトたちの声を拾い、そのたび緊張に全身を強張らせながら過ごしたその日。鼓動は一日中落ち着くことなく駆けていて、たぶん今日だけで、一生分の拍を打ったような気がする。そのせいで放課後には、耳も心臓もぐったりと疲れきっていた。

再生数と同じように、クラスメイトたちが灯の話題を口にする頻度も、だんだんと減っていった。放課後になる頃には、もうすっかり別の話題へと流れていた。

バズったといっても、効果は一過性なのだろう。それにほっとしたような寂しいような複雑な気分で、わたしはホームルームが終わると教室を出た。廊下でもトイレでも、もう灯の話題が聞こえてくることはなかった。終わったんだなあ、とぼんやり思いながら、わたしは手を洗ってトイレを出る。

そうして教室の入り口に近づいたとき、

「――なあ、これ聴いた？　この、灯って人の歌ってみた動画」

中から聞こえてきた声に、どくん、と心臓が跳ねあがった。

拍子に指先が震え、思わず手に持っていたハンカチを落としそうになる。

それが、有賀くんの声だったから。

「あー、それ」と別の男子が応える。

「丹羽が言ってたやつな。昨日バズってたって」

「そうそう。俺も奏汰に聞いてから聴いてみたんだけどさあ、マジで、けっこうよくて」

息が止まった。

どくどくどく、と耳元でうるさいぐらいに鼓動が鳴る。全身が心臓になったみたいに、その音で満たされる。

「ふつうに上手いし、あとさ、なんか、声がいいっていうか」

有賀くんが言葉を継ぐ。灯のことを、しゃべっている。声がいい、って。有賀くんが。

わたしの、声を。

「俺さあ、この人」

愕然《がくぜん》とするわたしの耳に、声はさらに流れ込んでくる。

聞き間違えようもないほどはっきりと、その声は響いた。

「好きかもー、声とか」

視界が揺れる。

吸い込み損ねた息が、喉で音を立てる。

瞬間、胸の底でふくらんだ激しい感情は、あっという間にわたしをのみ込んだ。


――え、すご。なんか、めっちゃ上手くない!?


ずっと覚えていた。あの日、有賀くんがわたしの歌を褒めてくれた日のこと。たぶんこれからも、わたしは一生忘れられない、と思う。

だってその日は、わたしの世界が色を変えた日だった。

わかっていた。有賀くんにはそんなつもりなんてなかった。ただ、隣で歌っていた人が上手いなって思ったから、上手いって言っただけ。何気なく口にしただけの、ほんの軽口。それをまさか本気にされて、本当に歌い手の活動を始められるなんて、想像もしていなかっただろう。

だから、伝える気なんてなかったんだ。どれだけ有賀くんに感謝していたとしても。

あの日の有賀くんの言葉があったから、わたしは現実世界とは違う場所に居場所を見つけられて、道端の石ころだったわたしを認めてくれる人に出会えて、ずっと死にたかったわたしが、ほんの少し、生きやすくなったことなんて。

きっとこの先もずっと。伝えることなんてない、って。そう、思っていた。

だけど、と。わたしは急に、目が覚めたように思う。

だけど本当は、伝えたかった。ずっとずっと、有賀くんに伝えたかった。

ありがとうって、言いたかった。

有賀くんがいたから、今まで思いもしなかった世界に飛び込めた。今まで知らなかった喜びを知ることができた。現実世界がどれだけしんどくても、これさえあればどうにか明日も生きていけるんじゃないかって、そんなことを思えるぐらいの。そんな、生きるよすがと出会えた。

それを有賀くんに伝えて、これがわたしなんだってことも、教えたかった。

有賀くんのおかげで生まれた灯のことを、有賀くんに、知ってほしかった。


そう。知ってほしい。――伝え、たい。

その瞬間、目眩《めまい》がするほど鮮烈な衝動が、胸を焼いた。

あの日、有賀くんのおかげで、一歩踏み出せたように。

また一歩、わたしはここから、踏み出してみたい。

それでほんの少し、ほんの少しでもいいから、わたしの世界を変えてくれた彼に、近づくことができれば――。

「てか、この声さ」

込み上げた熱い感情に押されるまま、入り口の手前で立ちつくしていた足を、前へ進めかけたときだった。

　ふいに有賀くんが、言葉を続けた。

「西条の声に似てね?」

　――瞬間、足が止まった。

　ざばっと、頭から氷水を浴びせられたみたいだった。

「そうかあ?」と、教室では、有賀くんの友だちが笑い交じりに返す声が続く。

「あんま思わなかったけど。おまえはなに聴いても西条さんに聴こえるんだろ、どうせ」

「いやいや、これはマジで似てるって。西条の歌聴いたことないけど、たぶんこんな感じだって」

「なんだそりゃ。聴いたことないのかよ!」

「いやほら、だいたい想像つくじゃん。ああでも、言ってたら西条の歌声マジで聴いてみたくなってきた。今度カラオケ誘ってみよっかなあ」

「カラオケとか百パー無理じゃん。いっしょに帰るのすら拒否されてんのに」

「わかんねえだろー。もしかしたら、めっちゃくちゃカラオケ好きな人で、ワンチャン来てくれたりするかもじゃん!」

　熱のこもった口調で有賀くんが言葉を重ねるたび、わたしの全身からは熱が引いていく。数秒前にふくらんだ高揚もすべて、その冷たさに押し流されていく。

　中途半端に足を踏み出しかけた体勢のまま、わたしが思わずその場に立ちすくんでしまっていたとき、

「――あれ? なあ、ちょっと」

教室にいた別の男子が、ふと声を上げた。有賀くんたちに話しかけたものだったらしく、「うんー?」と応える有賀くんの声がしたあとで、

「水篠さん? って、どこだっけ、席」

唐突に鼓膜を揺らしたわたしの名前に、心臓がびくりと跳ねた。

ひゅっと、喉で息が詰まる。

思わず教室の中を覗くと、プリントを手にしたひとりの男子が、有賀くんたちの座る席の前に立ち、困ったように教室を見渡していた。

彼の持っているプリントがわたしのものなのだろうと、すぐに察した。先生から返却されたなにかのプリントを、みんなの席に配っているところなのだろう。

「へ、水篠さん?」と有賀くんが彼に訊き返す。

そのきょとんとした口調に嫌な予感がして、心臓が硬い音を立てたとき、

「誰だっけ、それ。そんな人いたっけ?」


気づけばわたしは、弾かれたようにきびすを返し、その場から走り去っていた。

鞄を教室に置いたままだった、と気づいたのは、下駄箱で靴に履き替えているときだったけれど、取りに戻る気にはならなかった。少しも。ただ一秒でも早くこの校舎を出たくて、ローファーのかかとを乱雑に踏みながら、昇降口を出た。

はっはっ、と浅い呼吸が漏れる。喉の奥が熱くて、うまく息が吸えない。マフラーを巻いていないむ

き出しの首筋に、冷たい空気が触れる。

早歩きで校門へ続く坂を下りたところで、堪えきれなくなり、わたしは駆け出した。

目が熱い。けれど対照的に握りしめた指先はぞっとするほど冷え切っていて、震えてくる。

バカみたいだ。

胸の奥できちんと言葉にして思うと、涙があふれてきた。


——この声さ、西条の声に似てね?

——西条の歌声マジで聴いてみたくなってきた。

——水篠さん? 誰だっけ、それ。


さっき聴いた有賀くんの声が、繰り返し頭をめぐる。

吐き出す浅い呼吸は気づけば嗚咽《おえつ》になって、喉を震わせた。

バカみたい。

バカみたいだ。

知っていたくせに。何度も突きつけられて、そのたび理解して、のみ込んできたくせに。

どうしてすぐに忘れて、自惚れてしまうのだろう。ちょっと有賀くんが、灯の歌を聴いてくれたぐらいで。好きだと言ってくれたぐらいで。

そもそも彼が灯の声を好きだと言ってくれたのだって、ただ、彼の大好きな西条さんの声に似ていると思ったから。ただそれだけのこと、だったのに。

バカみたいだ。本当に。本当に。

息ができなくなって、わたしはしゃがみ込んだ。嗚咽が連続して漏れる。うつむくと、暗い地面に涙がぼたぼたと落ちた。

自転車に乗った男の人が、怪訝《けげん》そうにこちらを見ながら通り過ぎていったのがわかった。だけど動けなかった。ただあふれる感情に身を任せ、うずくまったまま、嗚咽も堪えず泣き続けた。


どれぐらいそうしていただろう。

ふと顔を上げると、自分が小さな児童公園の入り口でしゃがみ込んでいたことに、今更気づいた。

冷たい風が濡れた頬を撫でる。誰もいない公園の奥にベンチを見つけ、ふらふらと立ち上がる。歩きながらポケットに手を入れ、スマホを取り出す。

死にたいな、と思った。

だから、歌いたいな、と思った。

そうだ、いつも、そうだった。

死にたいと思ったとき、わたしは歌った。

その気持ちを叫びたくて歌った。

わたしを見つけてほしくて、わたしに気づいてほしくて、死にたくなくて、明日も生きていたくて、歌った。

ああ、と、ひどく純粋で鮮烈な衝動が胸をつく。

歌い、たい。

押されるまま、わたしはイヤホンを耳にはめる。

まだ涙は収まっていないし、息もあがっているし、きっと不格好な歌声になるのはわかっていた。それでも歌いたかった。まるで酸素を求めるように、わたしは音源を再生し、唇を開いた。

歌ったのは、わたしがはじめて動画を投稿した曲。

あの日、わたしの世界を、変えた曲。

――そう、変わったと、思っていた。歌に出会って。有賀くんに出会って。

だけど違った。わたしは今までもこれからも道端の石ころで、教室の掲示物で、いちばんわたしを見てほしいと思っていた人の視界にすら、入ってはいなかった。ただわたしがひとり舞い上がって、自惚れていただけで。

だから歌った。かっこ悪く震えてかすれる、どうしようもない声で。

苦しさにあえぐように、ただ、手元の小さなスマホに向かって。

誰かわたしを見つけて、って。無我夢中で、叫んでいた。

2
灯と有賀怜央

「連絡先？　嫌です。教えるほどあなたと仲良くなった覚えはないので」

それが、俺が西条日奈子《さいじょうひなこ》に向けられた、最初の言葉だった。

眉ひとつ動かない、能面のような無表情で。「ねえ、連絡先教えてー」と、その日だけで何度口にしたかわからない台詞を、できる限りの最上の笑顔で向けてみた俺に。ちらっとこちらを見上げたあと、またすぐに手元の鞄に視線を戻した彼女は、なんの起伏もない平坦な声で、迷いなくそう返した。

一瞬、辺りの喧騒《けんそう》が少し静まった気がした。

気づいていた。俺がこの教室に入って、まっすぐに彼女のもとへ歩いていったときから、なんとなく周りの視線が集まっていたのは。

俺が彼女に声をかけたときも、会話の内容が気になるように、周りのやつらがちょっと耳を澄ましていたのも。

それぐらい、彼女は注目されている存在だったのだろう。入学初日のその日の時点で、すでに。


だって圧倒的だった。

入学式で、隣のクラスの席に座っている彼女を見つけた瞬間から。

俺の目はもう、完全に彼女に釘付けだった。

背中の真ん中あたりまである、薄茶色の長い髪が印象的だった。染めているのかだいぶ明るい色だったけれど、きれいな艶があって、不思議と派手というより上品に見えた。背もすらりと高くて、後ろ姿だけでも、この田舎の高校ではちょっと浮いて見えるぐらいに垢抜けていた。

かわいい女の子なら他にもそれなりにいたけれど、彼女ほど華やかで眩《まぶ》しい子はいなかった。少なくとも俺の目には、そう映った。

だから入学式が終わり、各クラスでのホームルームも終わって自由な時間が訪れると、俺は真っ先に隣のクラスへ向かった。

廊下側の後ろから二番目の席に座る彼女を見つけると、歩み寄って「ねえ」と声をかけた。連絡先教えて、と。

正直、断られる心配なんてみじんもしていなかった。今までそれで、断られたことなんてなかったから。男子にも女子にも。

だから、自惚れていた。俺が声をかければ、彼女も笑ってくれると。笑顔で、いいよ連絡先交換しよう、って。俺がタイプかどうかとか、そんなことはともかく、とりあえず最初だし、同級生として最低限の愛想の良さで応えてはくれると。

その可能性しか、想定していなかった。

「……え。あ、いや」

まったく思いもよらなかった彼女の返答に、俺は一瞬反応が遅れた。

周りの視線が集まっているのには気づいていたから、引きつりそうになった笑顔をあわてて頬に力を入れて保つ。そうして、できるだけ動揺を表に出さないよう努めながら、へらりと笑って続けた。

「だからほら、これから仲良くなるために。教えてほしいなーって」

「べつに、私は」

彼女はもう、こちらを見ることすらなかった。帰り支度をする手を止めないまま、これ以上なく素っ気ない口調で、告げた。

「あなたと仲良くなりたいと思ってないので。無理です」

はねかえす余地もない、はっきりとした拒絶だった。

さすがにここから食い下がれるほど、俺はメンタル強者ではなかった。

というより、これまでの人生で『拒絶される』ということがほとんどなかった俺にとって、彼女のみじんも容赦《ようしゃ》のない拒絶は、恐ろしいほどの殺傷力だった。もし周りの視線がなかったなら、たぶん、膝から崩れ落ちていたぐらいの。

「あ……あはは、そっかー、わかった！」

だけどとりあえずみじめな男に見えないよう、俺はへらへらと笑う。

「了解っす、じゃあ、えっと」なんにも気にしていないように、あくまでごく軽い調子で、

「とりあえずまた、今度リベンジに来ます！」

「来ないでください」

最後まで彼女は、こちらを見ることすらなかった。自分の手元に目を落としたまま、あいかわらずみじんも容赦のない言葉を、投げつけるように返した。

「怜央《れお》、おまえ入学初日にもう振られたんだってね」

クリームパンの袋を開けながら、面白そうに奏汰《かなた》が言う。「うぜー」と俺はしかめっつらで返してから、卵焼きを口に放り込んだ。

「誰だっけ、四組の西条さんだったたっけ？」

それでも奏汰はまだ楽しそうに、その話題を続けてくる。なぜか口元をゆるませている奏汰の顔を、俺は眉をしかめて睨みながら、

「なんでそんなうれしそうなんだよ」

「なんか、怜央でも振られることがあるんだなあと思って」

「べつに振られたわけじゃないし。連絡先断られただけ」

「振られてんじゃん。連絡先すら教えてもらえないってすごいね」

入学式の日、俺が名前も知らずに突撃した女子の名前は、西条日奈子といった。

四組の教室にいた多くの人間がその一部始終を見ていたので、すぐに噂は広がった。入学早々、俺が西条日奈子にこっぴどく振られた、と。

翌朝、登校するなり、「どんまい有賀」と気遣わしげな声をいくつもかけられた。「元気出してね」とお菓子をくれた女子もいた。昨日、知り合ったばかりの人間に対するいじりの距離感がまだつかめないのか、たいていはそんなふうに、腫れ物に触るような反応をされるだけだったけれど。

唯一ずけずけと踏み込んできたのは、中学からの付き合いであるこの丹羽奏汰ぐらいで、

「あなたとは仲良くする気はないので、だっけ？　すごいね。連絡先訊いてそこまで言われることある

んだね」

　本気で感心したような調子で奏汰が呟く。いきいきと傷をえぐってくるそいつに顔をしかめていると、隣の席で弁当を食べていた宇田川《うたがわ》が、

「や、でもさ、西条さんは仕方ないと思うよ」

　同情してくれたのか、苦笑しながら口を挟んできた。

「西条さん、中学のときからああだったから」

「え、もしかして宇田川、西条と中学いっしょ?」

　俺が訊くと、そう、と宇田川は頷《うなず》いて、

「男子に対してはさ、西条さんだいたいああいう対応だから。中学んときからずっと。だからたぶん同じ中学のやつは、もう誰も西条さんに突撃しようなんて思わないし」

「なに、男が嫌いってこと?」

「たぶん。まああの見た目だし、いろいろあったんじゃないの、今まで。自衛のためにああいう態度とってんのかもよ。仲良かったわけじゃないし、くわしくは知らないけど」

　気遣わしげに宇田川が向けてくれたフォローは、すとんと胸に落ちてきた。

　なるほど、と目が覚めるように思う。

　どうして今まで考えなかったのだろう。そりゃあ、あれだけ圧倒的にかわいいのだ。ひと目見た瞬間に、この高校で付き合うとしたら彼女以外ありえないと思ってしまうぐらいに。

　俺みたいな男が、きっと他にもいたに違いない。しつこく言い寄ってくるやつだって、ひとりやふた

りではなかったはずだ。そんな彼女からしたら、初対面でいきなり『連絡先教えて』なんて言ってくる距離感のバグったやつは、きっとＮＧ中のＮＧだったのだ。

失敗した――。

自覚して頭を抱え込みたくなりながら、だけど同時に、胸の中が妙にすっきりと晴れ渡っていくのを感じた。

答えが、見つかったことに。

「……つまり、俺が駄目だったわけではないと」

「え？　あ、いや、それはどうかわかんないけど……」

「サンキューな、宇田川」

折れかけていた心が、いっきに復活していくようだった。自然と背筋が伸び、なんだか身体の奥からふつふつと熱いものが湧いてくる。宇田川のおかげだ。心の底からの感謝を込めて彼にお礼を言うと、宇田川はなんだかちょっと困った顔をしていた。

視線を戻すと、奏汰もなぜか同じような表情で、心配そうにこちらを見ていた。けれど気にしていられなかった。それより俺の頭の中はもう今度、西条にどうやって話しかけるか、そのシミュレーションで忙しかった。

「西条、おっはよ！」

「……なんですか?」

翌日から、俺は西条日奈子へのアプローチを始めてみた。

もちろん、もう連絡先を訊くなんてことはせずに、あくまでさり気なく。

朝、下駄箱で顔を合わせたら挨拶をするとか、ついでにその流れで教室までいっしょに歩きながら雑談を、

「え、なんでついてくるんですか?」

――しようとしたらたいていこんなふうに、あからさまに嫌な顔をした西条から訊《たず》ねられるけれど、

「いや、なんでって、俺も教室こっちだから」

「じゃあお先にどうぞ」

「ええ、せっかく偶然いっしょになったんだから、いっしょに行こうよ」

「偶然じゃないでしょ。時間合わせてるでしょ、毎日」

「あ、バレてたかー」

ごまかすように笑ってみると、西条はますます不快そうに眉をひそめる。

ここまでわかりやすく、『好感度ゼロ』な対応をされるのははじめてだった。彼女の頭の上に、マイナスまで振り切ったゲージが見えるようだ。

だけど気にしなかった。昔から、相手を自分のペースに巻き込んでいくのは得意だった。最初は素っ気なかった相手でも、笑顔を絶やさず、少し強引なぐらいに絡んでいけば、みんな、わりとたやすく心を開いてくれた。

正直それが、俺の唯一の特技だと自負してきた。誰とでも仲良くなれて、どんな集団でも馴染《なじ》めること。物心がついた頃からずっと俺はそうやって生きてきたし、実際今まで一度も、人間関係で苦労したことはなかった。

だから自信があった。べつに、俺が特別嫌われているわけではないのなら。いや、たとえ、特別嫌われていたのだとしても。あきらめずにアプローチを続ければ、いつかきっと、西条も心を開いてくれる。他のやつらには無理でも、俺ならできる。

「なあ西条って、どこか部活入る気ある?」

「ない」

「あ、よかった。今、ちょうどバスケ部がマネージャー募集してんだけどさ、よかったら」

「さっきの私の答え聞いてた?」

「うん。今、とくにどこか入りたい部活はないってことだろ。だったらバスケ部のマネージャーに」

「死んでも嫌だけど。あんなむさくるしい集団」

ぎゅっと眉根を寄せた西条の表情は、本当に、『死んでも嫌』そうだった。

むさくるしい、と俺は思わず彼女の言葉を繰り返す。

バスケ部をそんなふうに評されたのは、はじめてのような気がした。中学の頃からずっとバスケ部だったけれど、わりと女子からの人気は高い部活だと思っていた。毎回試合のギャラリーも多かったし、黄色い歓声もよく飛んでいた。

やっぱり、と俺はぼんやり思う。

「西条ってさ」

そしてそれはそのまま、こちらを見ることなく廊下を歩き続ける彼女の横顔を眺めながら、ぽろっと口からこぼれていた。

「やっぱ、男が嫌いなん？」

急な質問に不意を打たれたように、一瞬だけ彼女の視線がこちらを向いた。

「……まあ」だけど一瞬で、またすぐに前を向き直った彼女は、

「べつに、全員が全員じゃないけど」

「え」

「とりあえずあなたみたいなタイプは、死ぬほど嫌い」

前半部分についてくわしく訊きたくて、「え、ちょっと待って」と俺は声を上げかけたけれど、それに重なるように、「あっ」と西条のほうも声を上げた。

「つーちゃん！」

前方になにかを見つけたらしい彼女の目が、ぱっと輝く。そうして弾む声で名前を呼んだ横顔は、いきなり別人格に入れ替わったかと思うほどの急変ぶりだった。さっきまでのしかめっ面が一瞬で弾けるような笑顔に切り替わり、片手を顔の横でぶんぶんと振っている。

西条の視線の先をたどると、廊下の向こうにひとりの女子生徒が見えた。前に西条といっしょにいるところを見たことがある、たしか、二組の早野《はやの》。たぶん彼女の、いちばん仲のいい友だち。

その子を見つけた西条は、俺のほうを一べつすることなく、迷いなく彼女のもとへ駆け寄ってい

く。「おはようつーちゃん！　朝練お疲れさま、今日寝坊しちゃってごめんね……」なんて、うれしそうな早口でまくし立てながら。

そのまま早野にぎゅっと身体を寄せて歩きだした西条の後ろ姿を、俺はその場に突っ立ったまま、呆けたように眺めていた。

やがて、あーあ、と力のない呟きがこぼれ落ちる。百分の一でもいいのにな、って。

早野に振りまくその愛嬌の、百分の一でいいから。

俺にも、向けてはくれないものだろうか。


その後、二カ月が経っても、氷はいっこうに溶かせずにいた。

彼女の心を開くどころか、態度が軟化する気配すらなかった。

話しかければ嫌な顔をされ、質問には必要最低限の返答だけをされ、お昼や放課後の誘いはことごとく断られる。友だちはおろか、『ちょっと仲のいい知り合い』のポジションにすら、いまだ昇格できずにいた。最初に話しかけたときから一貫して、西条からは、これ以上近づくな、というシャッターを完全に降ろされている。

考えていたよりはるかに、彼女は手ごわかった。

「有賀くんさあ、西条さんはやめたほうがいいと思うよー」

その日も何度目かのお昼の誘いを断られ、とぼとぼと教室に戻ってきたときだった。ひとりの女子生徒が、そんなふうに話しかけてきて、

「聞いたんだけどさ、西条さんって中学の頃、なんかちょっとやばかったっぽいし」

西条は望みがないからもうあきらめたほうがいい、という意味での『やめたほうがいい』なら、今までも何度となくもらったことはあった。奏汰や宇田川から、なんだか弱った動物を見るような、哀れみの表情といっしょに。

だけどその子の言った『やめたほうがいい』は今までのそれとは毛色が違って、俺は彼女の顔を見た。

「やばかった？」

面白がるような笑みを浮かべた彼女は、クラスメイトなのはわかるけれど、名前が思い出せない。誰だっけこの子、と頭の隅で考えながら訊き返すと、

「うん。なんかねえ、中学の頃、付き合ってた彼氏を階段から突き落としたとか、いきなり水ぶっかけたとか。そういう怖い噂がいくつもあるらしいよ、あの子」

彼女は俺が食いついてきたことに満足そうな笑みを広げ、勢い込んだ調子で言葉を続ける。

怖い噂を伝えたかったようだったけれど、それより俺が引っかかったのは前半の、『中学の頃、付き合ってた彼氏』という部分だった。

……彼氏。

中学の頃、西条には彼氏がいたのか。

それなら、男全般が嫌いというわけではないのだろうか。そういえば前にも西条は言っていた。男が

嫌いなのかと訊ねた俺に、全員が全員ではない、と。ふつうにタイプな男とは、付き合いたいとも思うのだろうか。あの西条が。

「だからさ、やめたほうがいいって、西条さんは」

つい考え込みそうになっていたとき、目の前の彼女が語気を強めて繰り返した。あなたのためを思って言っているの、とでも言いたげな、わざとらしく気遣うような口調で。

「見るからにやばい感じするじゃん、西条さんて。態度もひどいし、なにもあんな、見えてる地雷に突っ込んでいかなくても」

俺はあらためて彼女の顔を見た。

もしかしてこの子、俺のことが好きなのかな、なんて頭の隅でちらっと考えたけれど、どうしても名前が思い出せない。なんだっけ。なんて名前だっけ、この子。思い出そうと顔をじっと見つめてみたところで、やっぱりいいや、とすぐに思い直す。彼女の口元に浮かぶ笑みが、なんだかひどく意地悪く見えて。

「そっかー。ありがとね、心配してくれて」

代わりにへらりと笑って、お礼を言っておく。それにぱっとうれしそうな顔をした彼女に、「でも大丈夫」と俺は笑顔のまま重ねた。

「よく知らないのに、人のこと地雷呼ばわりして言いふらす人より、ぜんぜんマシだと思うし」

一瞬で、彼女の顔から笑みが剥がれ落ちる。そのあとの反応は見なかった。楽しげに西条を貶《けな》していたその顔を見るのが途端に耐え難くなって、さっさときびすを返した。

「あー、彼氏。いたよ、西条さん。何人か」

その後、気になった部分を宇田川に確認してみると、彼はあっさり首肯《しゅこう》した。

それから思い出したように、

「そういえば、彼氏と別れるとき、なんかけっこう壮絶だったとかで」

「彼氏を階段から突き落としたり、水ぶっかけたり？」

「ああ、うん、そう。なんかそんな感じだった」

ふうん、と呟いてから、俺はストローに口をつける。そうしてぼんやりオレンジジュースを飲みながら、本当だったんだ、と胸の中でその事実をなぞっていると、

「だからやっぱさ、西条さんは、やめといたほうがいいんじゃないの」

ちょっと困ったような声で、宇田川が続けた。あの子とは違い、本気でこちらを心配するような調子で、

「いくら有賀でも、だいぶ難易度高いっていうか……たぶん、一筋縄ではいかない人だし」

宇田川の忠告には、なにを今更、とほろ苦い笑いが込み上げてくる。

そんなこと、もうとっくに知っていた。彼女が一筋縄ではいかないことぐらい。この二カ月で、これ以上ないほど噛みしめている。

それでも嫌になるとかあきらめるとか、そんな気持ちはみじんも湧いてこないのだから、どうしよう

もない。

西条が彼氏を階段から突き落としたり、水をぶっかけたというエピソードについては正直、とくになんとも思わなかった。それよりよっぽど気になったのは、中学時代の西条に彼氏がいたという事実のほうだった。それも複数人。

――彼氏が、いた。西条に。

そんな過去を知っただけで、ずんと重たいものがお腹の底に沈み込むぐらいに。


西条との仲は『好感度ゼロ』の状態からいっこうに進展しないまま、季節だけが進み、夏になった。

七月に入った頃から、俺は近づいてくる夏休みに、どんどん焦燥に駆られていた。

西条の連絡先は、いまだに手に入れていない。そんな俺が西条に会えるのは学校の中だけで、つまり夏休みに入れば、一カ月以上、俺が西条に接触する手段はなくなるということで。

……無理だ。

一カ月以上も、あの顔を見られないなんて。

想像するだけで叫びたくなって、俺はなんとしても夏休みまでに彼女の連絡先を手に入れるという目標を立てた。そしてできるなら、夏休み中に一度でも会う約束を取りつける。もう時間がないのだ。ちんたらしていられない。この夏を、西条との夏にするために。

決意を胸に、よしっ、と俺は気合いを入れる。そうして勇んで四組の教室に向かおうとしたとき、

「あっ、怜央！」

「うお」

入れ違いに教室に入ってきた奏汰と、入り口のところで鉢合わせた。

なぜかあわてた様子で、奏汰は俺の顔を見るなり食い気味に口を開くと、

「おまえあれ、聞いた？　西条さんの」

「え、なに」

「西条さんが、二組のやつと付き合いはじめたって！」

「……は？」

一瞬、なにを言われたのかわからなかった。

間の抜けた声がこぼれる。がん、と頭を殴られたみたいな衝撃は、一拍遅れて訪れた。

目の前が真っ暗になるという経験をしたのは、それが生まれてはじめてだった。


西条に彼氏ができたという情報は、瞬く間に校内を駆け巡っていた。

相手は、二組の橘《たちばな》という男らしい。知らない名前だったので、俺は次の休み時間に二組の教室まで見にいってみた。入り口のところにいた男子に「橘ってどいつ？」と訊ね、彼の指さしたほうを、遠目にこっそり眺める。

そこそこイケメンではあった。だけどあくまでそこそこだと、個人的には感じた。とりあえず、群を抜いて目を引くようなかっこよさはない、どちらかというと平凡な男だった。自分で言うのもなんだけ

れど、見た目なら正直、俺も負けていない気がする。背もたぶん、俺のほうが高いし。

だけど橘は、西条に選ばれた。

西条と橘はクラスも違う。今までもとくに、ふたりがいっしょにいる姿を見たことはない。

――なにがあったのだろう。

考えてみてもふたりの接点がまったく思いつかなくて、もしかしたら誤情報なのではないか、なんて淡い期待すらうっすら生まれてくる。

すぐにそれは、あっけなく打ち砕かれることになるのだけれど。


突きつけられたのは、昼休み。なんとはなしに二組の教室を覗いたときだった。

中に、いっしょにお弁当を食べている西条と橘の姿があった。

自分の席に座る橘の前の席に、西条が後ろを向いて座った格好で。向かい合ってなにかしゃべりながら、ふたりでご飯を食べていた。

西条の横顔が笑っていたこともさることながら、ふたりがいる場所に、俺はひどくダメージを食らった。

ここは西条ではなく橘のクラスだ。つまり西条のほうから、橘のクラスを訪れたということで。いや、もしかしたら橘のほうから西条を呼び寄せたのかもしれないけれど、どちらにしても西条がそれに応えて二組を訪れている時点で、もう否定する隙なんてみじんもなくなってしまったことだけは、たしかだった。

西条と橘は、本当に、付き合っている。

残念ながら、誤情報なんかじゃなく。

西条に、いっしょにお弁当を食べるような男友だちはいなかった。間違いなく。今までずっと、西条は早野とふたりでお弁当を食べていた。それが今日は、あんなにべったりだった早野すら放って、橘と食べている。

あれだけ友情至上主義のようだった西条でも、彼氏ができればそちらを優先するのか。それほど本気だということだろうか。ただ告白されたから、なんとなく付き合ったとかではなく。いや、そもそもあの西条が、『ただ告白されたから』でなんとなく付き合うわけがないのは、もうよく知っている。

本気、なんだ。本当に。


「西条……」

「うわっ、なに？　なにしてるの」

あまりのダメージにその場にしゃがみ込んで動けなくなっていた俺の前に、しばらくして、巾着袋をぶら提げた西条が現れた。

「なんでこんなところで座り込んでるの。邪魔だし、怖いよ」

橘とのランチデートを終え、自分の教室へ戻るところらしい。廊下にいる俺に気づいた西条は、ぎょっとしたように足を止め、後頭部にそんな言葉を落としてきた。

顔を上げる。こちらを見下ろす彼女の顔に、もう笑みはない。さっき、橘の前では見せていた笑みが、もう。

「……なあ、マジで付き合ってんの」

「え?」

「橘と」

「ああ、うん。付き合ってる」

照れるでもなく、西条はあっさりと頷いてから、

「だからもう、私につきまとうのやめてね。本当に迷惑だから」

投げつけるようにそれだけ言って立ち去りかけた西条の手を、俺は思わずつかんでいた。少しびくりとして、こちらを振り向いた彼女に、

「なんで」

「え」

「なんで、橘。なにが良かったの。俺とはなにが違ったの」

喉元まで込み上げた感情に押されるまま、ついまくし立ててしまった俺の顔を、西条はぎゅっと眉を寄せて見つめた。

冷たい目だった。最初に話しかけたあの日から、なにひとつ変わらない。三カ月間俺がどれだけ頑張っても、ほんの一歩すら近づけなかったその目で、

「べつに、橘くんと付き合いたいと思ったから付き合ったの。あなたとは思わなかったから付き合わなかった。それだけ」

一息に言い切ると同時に、西条は俺の手を振り払った。

そのあとはこちらを一べつすらせず、足早にその場を去っていく彼女の背中を、俺は最後までそこにしゃがみ込んだまま、ただ眺めていた。


なんだかすっかり脱力して、とぼとぼと教室へ戻っていた途中だった。

廊下の向こうから見覚えのある女子生徒が歩いてきて、近づいたところで俺は思わず、「あ」と声を上げていた。

「へっ、なに?」

近づくなりいきなり声を上げられた彼女のほうは、ちょっと驚いたようにこちらを見る。

思えば早野に声をかけたのは、これがはじめてだった。

西条といっしょにいる彼女の姿をよく見ていたから、なんとなく勝手に面識があるような気でいたけれど。

怪訝そうに眉を寄せた早野に、「あ、急にごめん」と俺はとりあえず驚かせたことを謝ってから、

「弁当」

「え?」

「どこで食べてたん?」

自分でも唐突だとは思いながら、彼女が胸の前で抱えている水色の巾着袋を指さし、訊ねてみた。

昨日までは、二組の教室で西条といっしょに食べていたであろうお弁当。

やはり橘が現れたことでその場を追いやられてしまったらしい早野に、なんだか勝手な同情心が湧いてくる。

「へ？　あ、えっと」早野は突然の質問に短くまばたきをして、巾着袋に目を落とすと、

「バド部の部室で、食べてきたよ」

「バド部？」

「うん。バドミントン部」

「早野ってバド部なん？」

「あ、うん。そうだけど」

なるほど。急に合点がいって、俺はひとり頷く。

西条と橘の接点。なにもないと思っていたけれど、そこであったのか。

あれだけ早野大好きな西条のこと、早野の部活の応援にもよく行っていたに違いない。そこで同じバドミントン部の橘とも、接する機会があったのだろう。

「大変だよなあ」

「え、なにが？」

「親友に彼氏ができるって」

きょとんとしていた早野は、ああ、とそこでようやく俺の言いたいことを理解したように、

「まあでも、そりゃ仕方ないよ。日奈子かわいいから、めちゃくちゃモテるし」

さばさばした口調で言って、明るく笑った。

だけどその笑顔はどこかぎこちなく、どうしても隠しきれない寂しさがにじんでいるように見えて、

「西条に彼氏できたらさ、いつもそんなふうになるの？」

「へ、そんなふうって？」

「弁当。早野は教室で食べられなくなるの？」

「あ、違うよ？　べつにこれはね、日奈子から言われたわけじゃなくて」

俺の言葉尻からなにか感じ取ったのか、早野はちょっとあわてたように巾着袋を持ち上げると、

「あたしが勝手にやってるの。日奈子はいつも、彼氏ができてもあたしと食べようとしてくれるんだけどさ、あたしのほうが気まずいから。あいつ邪魔だなー、って日奈子の彼氏から思われるのも嫌だし、あたしが自発的に距離とってるだけ」

早口にまくし立てて、早野はへらっと笑ってみせる。

西条を悪者にしないその健気なフォローに、ふたりの仲のよさが垣間見えた気がして、いいなあ、なんて俺がぼんやり思っていると、

「有賀くんのほうこそ、その、なんていうか」

ふと困ったような顔になった早野が、おずおずと、言葉を選ぶようにして口を開いた。

「大変、だね？　その、有賀くんも、日奈子のこと」

「……あー」

気遣うようなその表情と口調だけで、彼女の言いたいことはすぐに察した。

どうやら早野のほうも、俺のことを知っていたらしい。

西条から聞いたのだろうか。入学初日からしつこくつきまとってくる男がいて困ってる、だとか。ぜんぜんタイプじゃないのにほんとしつこくて、もうあいついい加減死んでほしい、だとか。

想像すると、また気持ちがずどんと沈んだ。

「まあ、でもさ……」

目の前で健気に笑っている早野に合わせるよう、俺もなんとかへらりとした笑みを押し出すと、

「もともと俺、西条にはぜんぜん相手にされてなかったし。というか思いっきり嫌われてたっぽいから、べつに彼氏ができようができまいが、そもそも俺に望みはなかったというか、むしろこれで、引導渡してもらえて良かったというか」

言っているうちにどんどん自虐的な気分になってきて、止まらなくなった。

頭を掻きながら、俺がつい自嘲気味に口走っていたら、

「あ、あのね。でも」

困ったように、早野がさえぎって声を上げた。俺と目が合うと、彼女は眉尻を下げてぎこちなく笑う。それから、これを言っていいのかと少しだけ迷うような調子で、

「大丈夫、だと思う」

「え?」

「日奈子に彼氏ができても。それ自体はそこまで悲観しなくても、大丈夫かも。……たぶん」

励ますように早野が向けてくれた言葉の意味は、よくわからなかった。

だから「どういう意味?」と訊き返したけれど、早野は困ったように曖昧《あいまい》に笑うだけで、くわしく教

えてはくれなかった。


——早野の言葉の意味を知ったのは、夏休み明け。

当たり前だけれど、夏休み中、俺は西条と一度も会うことはなかった。けっきょく、連絡先も手に入れることは叶わなかったので、なんの接触もできないまま、ただ一カ月以上が過ぎた。

今頃、西条は橘との夏休みを満喫しているんだろうなあ、なんてひとりで何度となく考えて、そのたびさされた気分になって、そんなふうに無為に過ごした、その夏休みの終わりに。

——西条と橘が別れたというニュースが、流れてきた。

正確には、別れていた、らしい。夏休みに入ってすぐに。つまり、付き合いはじめて一カ月も経たずして。

なにがあったのかは知らない。ニュースを聞くなり西条のもとへ飛んでいって訊いてみたけれど、

「なんでそんなこと、あなたに教えなきゃいけないの」

と彼女にはものすごく冷ややかな目で、すげなくはねつけられた。

「あたしも、なんで別れたのかは知らないんだけどね」

早野に訊ねてみると、彼女はちょっと困ったような笑顔で言葉を選ぶようにして、

「ただ日奈子、中学の頃からずっとそうで」

「そう?」

「彼氏と、あんまり長続きしないっていうか……わりと、すぐに別れちゃうんだよね」

長続きしない。すぐに別れちゃう。

早野の言葉を胸の中でなぞりながら、それって、と俺はふと考える。

そんなふうに言われるほど、西条は多くの男と付き合ってきたということだろうか。男嫌いどころか、むしろとっかえひっかえだった?

その情報は、これまで接してきた西条のイメージとあまりに重ならなくて、ちょっと混乱する。

――だとしたら、ただただ単純に、俺が嫌われていただけだったのか。

思い至って暗い気分になりかけたところで、まあ、と気を取り直すように俺は口の中で呟いてみる。

なんにせよ、西条はまたフリーになった。今はそれでいい。俺が嫌われているのだとしても、これからどうにか好きになってもらえばいいだけだ。

そう気持ちを仕切り直して、あらためて彼女へのアプローチを再開したのもつかの間だった。


三週間も経たず、西条にはまた彼氏ができた。

今度は一組の、村井という男だった。

あいかわらず知らない名前だった。また一組の教室まで見にいってみると、前回同様、そこそこイケメンではあるけれどずば抜けているわけではない、なんとも平凡そうな男がいた。

クラスも違うし、西条とはどこで接点があったのだろうと思ったら、村井もバドミントン部らしいということをあとで知った。

またバドミントン。なんだろう、もしかして西条はバド部フェチとかなのか。こうなったらもう、俺もバド部に入るしかないのだろうか。西条に振り向いてもらうためには。

しだいにそんなことを本気で考えはじめたけれど、奏汰に言ってみると、「いやバカじゃん」と一も二もなく切り捨てられた。

「バド部入れば西条さんに振り向いてもらえるとか、ぜったいないでしょ。おまえ自身が嫌われてんだから」

「……なあ、俺のどこがそんなに駄目なの」

「いや僕に訊かれても」

「ちょっとさ、俺の駄目なところ挙げていって。西条に嫌われてそうなところ。教えて」

えー、と奏汰はあからさまに面倒くさそうな顔をしながらも、しつこく催促すると少しのあいだ考えてから、

「なんか全体的に、薄っぺらいところとか?」

「薄っぺら……」

「だからなに言っても、なんか軽く聞こえるっていうか。好きとか言われても本気に聞こえない、みたいな」

予想外に具体的かつ殺傷力の高い答えが返ってきてちょっと動揺する俺に、「ああ、あと」と奏汰はさらに重ねてくる。

「人の名前覚えないところとか」

「……いや覚えるし」

「興味のある人なら、でしょ。興味がないとクラスメイトですらいまだに覚えてないじゃん。だいぶひどいよ、それ」

「いや、まあ……つーか、それ言うなら奏汰もじゃん。おまえもわりと覚えてないじゃん」

言い返せば、「……まあ」とそこは反論できなかったように、奏汰は曖昧《あいまい》な相槌《あいづち》を打つ。その反応にほんの少しだけ満足して、だけど奏汰に言われた『薄っぺらい』という言葉のほうは、胸の奥に深々と刺さって、しばらく抜けなかった。


「早野ー」

「わ、有賀くん」

「手伝う、それ」

昼休み。廊下の向こうに、ノートの山を抱えて歩いている早野の姿を見つけた俺は、彼女に駆け寄り、声をかけた。

西条が村井と付き合いはじめたことで、早野はまた、昼休みをひとりで過ごさなければならなくなっている。さっき何気なく覗いた一組の教室で、西条と村井がふたりで弁当を食べているのを見た。

「あ、ありがとう」

早野の腕からノートを三分の二ほど取ると、彼女ははにかむように笑ってお礼を言った。俺は首を振っ

て、そのまま早野と並んで歩き出すと、

「今度は、もつかねえ」

「え、なにが?」

「西条と村井」

　あー、と早野は苦笑しながら視線を斜め上あたりに向けて、

「どうだろう。もっといいけどねえ」

　俺の口調を真似するように言って、あまり期待はしていない感じに笑った。

　担任の先生に頼まれたというそのノートの山を職員室まで運び、「失礼しましたー」と軽く頭を下げながら職員室を出たところで、

「……名前」

「へ」

「早野の下の名前って、なんていうの?」

　訊ねると、早野は不意を打たれたように何度かまばたきをした。

「あ、えっと」それから、ちょっとぎこちない調子で口を開き、

「つきほ。月に歩くで、月歩」

「へえ、月歩。かわいいね」

　だから『つーちゃん』なのか、とぼんやり思いながら相槌を打つと、隣で、へっ、と上擦《うわず》った声が上がった。

見ると、軽く目を見開いた早野が、なんだか驚いたようにこちらを見ていた。その頬が少し赤くなっているのに気づいたとき、早野はぱっと顔を伏せ、

「え、あ……ありがと」

うつむいたまま、もごもごと小さな声で言った。そうして俺の顔を見ないまま歩きだそうとした彼女に、「ねえ」と俺は声を投げる。

「これから、月歩って呼んでもいい?」


西条は村井とも、けっきょく一カ月も経たずに別れた。

あいかわらず理由はわからない。ごくふつうに仲良くしているように見えていた翌日、いきなり、別れたという情報が飛び込んできた。

そして、それからまた一カ月経たずして。

西条には、新たな彼氏ができた。

次は二組の大島という男だった。今度はバドミントン部ではなかったけれど、月歩と同じクラスなので、どうせまたそこのつながりなのだろう。


「月歩も大変だよなあ、毎回毎回」

「え、べつにだよ。中学の頃からこんな感じだったし。べつに友だちも日奈子だけじゃないし」

例によって、西条に彼氏ができたことで教室を追いやられてしまったらしい月歩を、俺はその日、お昼に誘った。

廊下で彼女を見つけて声をかけると、月歩はぱっと顔を輝かせ、ふたつ返事で頷いてくれた。

西条とはえらい違いだなあ、なんて思いながら中庭へ移動し、並んでベンチに座ったところで、

「でも月歩、ほぼずっと西条といっしょにいない?」

「まあ、いちばん仲良いのは日奈子だから。小学校の頃からいっしょだし」

「そんな長いんだ」

「うん。小六のときだったな、仲良くなったの」

「やっぱ小学校の頃から目立ってたん? 西条って」

ふと気になって訊ねてみると、「そりゃあもう」と月歩は食い気味に大きく頷く。

「ダントツだったよ。かわいかったのももちろんだけど、日奈子、あの頃からきれいな長い髪でね。仲良くなったのは小六のときだったけど、その前からあたし、ずっとひそかに憧れてて。日奈子の真似して髪伸ばしたりしてたな」

懐かしそうに言った月歩の髪は、今は顎あたりまでの長さのショートボブだ。西条の背中まであるロングヘアとは対照的な。

俺はちょっと首を傾げ、「今は?」と訊ねてみる。

「え?」

「今は真似して伸ばすのやめたん?」

「え、あ、うん。えっと」

　そこでなぜか少し、月歩の表情が曇った。歯切れ悪く頷いて、自分の髪の毛先に触れながら、

「ほら、部活してると長い髪邪魔だし。ボブがいちばん楽だから。もう伸ばさなくなっちゃった」

　言い訳するみたいな早口をちょっと怪訝に思ったけれど、突っ込みはしなかった。

「そっか」と相槌を打ってから、何気ない調子で、「でも」と続ける。

「月歩、今の髪型めっちゃ似合ってるよな」

　へ、と隣で少し上擦った声が上がる。気づかない振りをして、俺は重ねた。

「ショート、めっちゃ似合う。なんかさ、ショート似合う女の子っていいよな」

　力を込めて言いながら彼女のほうを見ると、ぽかんと目を丸くした月歩と目が合う。

　瞬間、彼女の頬が赤く染まった。

「え、あ」それを隠すように勢いよく顔を伏せた彼女は、か細い声を押し出すように、

「えと、あ、ありがとう……」

　うん、とだけ頷いて俺は視線を戻すと、弁当箱の蓋を開ける。その横で、月歩もぎこちない動作で巾着袋から弁当箱を取り出しているのが、視界の端に見えた。


「――ねえ」

　移動教室の途中だった。ふいに背中にかかった声に振り向くと、西条が立っていた。

　まぎれもなくまっすぐに、俺を睨んだ彼女は、

「最近、つーちゃんにちょっかい出してるでしょ」

目が合うなり、前置きもなにもなく、投げつけるように言った。

西条の冷たい表情なら何度も見てきたけれど、こんな表情ははじめてだった。

「いや、言い方！」

なにか薄々察しがついているような彼女の顔を見つめながら、俺は笑い交じりに返す。

「ふつうに友だちとして仲よくしてるだけじゃん。べつになんも悪いことしてなくない？」

月歩めっちゃいい子だし。へらりと笑って付け加えると、「……月歩って」と西条はそこで思いきり不快そうに顔をしかめ、

「やめてよその呼び方。馴れ馴れしい」

「はあ？　そんなの西条に言われる筋合いないだろ。本人はそう呼んでいいって言ってくれたんだから」

小姑《こじゅうと》かよ、とごまかすように笑ってみても、西条の表情はぴくりとも動かなかった。

「言っとくけど」ぎゅっと眉根を寄せ、侮蔑するような目をこちらへ向けながら、彼女は重ねる。

「つーちゃんのこと傷つけたら、ぜったいに許さないから」

絞り出すような語尾は、かすかに震えていた。

「いや、なにそれ」俺はそれでも軽い口調を崩さないよう努めて、言葉を返す。その切実さを、混ぜっ返すように。

「傷つけないよ。友だちだって言ってんじゃん」

西条はなにも言わなかった。ただ最後まで刺すような目で俺を睨《にら》みつけたあとで、見限るようにきび

すを返すと、

「――あなたの、そういうところが」

　去り際、ぼそっと吐き捨てるように呟く声が、かすかに聞こえた。

「本当に、嫌い」

　と。


　――その三日後。西条は、大島と別れた。


「なあ、怜央これ聴いた?」

　そのニュースを耳にした翌日だった。朝の電車で顔を合わせるなり、奏汰がちょっと興奮気味にスマホを見せてきて、

「なに」

「灯っていう歌い手なんだけどさ」

「ともる?」

「いいや、知らないならとりあえず一回聴いて」

　奏汰のスマホを見ると、ある人気曲の歌ってみた動画が表示されていた。

　静止画を背景に歌が流れるだけの、シンプルで素人っぽい動画。けれどそのわりに、再生数は多い。

有名な人なのだろうか、と思いながら、奏汰に差し出されたイヤホンを、言われるまま耳にはめてみる。

スマホをタップすると、予想外に若い女の子の歌声が流れてきた。

もしかしたら同い年ぐらいかもしれない。どこかあどけなさの残る、だけどたしかに、きれいな声。なんだか透明で、澄んだ感じのする声だった。高音のところでも甲高い感じにならず聴いていて心地いいのは、たぶん上手いからだろう。歌に関してはド素人なので、正直よくわからないけれど。なんとなく人気の出そうな歌い手だな、というのはぼんやり思った。

「めっちゃよくない?」

しばらく聴いてからイヤホンを外すと、奏汰が待ちかまえていたように訊いてきて、

「うん、まあ。なんかいい声かも」

「うわっ、くそつまんない感想」

「歌のことはよくわかんねえもん。おまえと違って」

奏汰は昔から音楽が好きで、くわしかった。話題になった人気曲ぐらいしか聴かない俺と違って、マイナーなアーティストも本当によく知っていた。最近はこういう歌ってみた動画もよくチェックしていると、そういえば以前言っていた気がする。

「そんなすごいの? この人」

「昨日有名なボカロPがこの動画をSNSで紹介してて、軽くバズったんだよ」

「ああ、それで知ったのか」

「いや違うから」

何気なく呟いた俺の言葉を、奏汰はひどく心外そうに否定して、

「僕はもっと前から知ってた。バズる前からずっと、とっくに目つけてた。僕からすれば、むしろ遅すぎたぐらいだよ。やっと世間が見つけたかって感じ」

「わあ出た、バズった途端に古参アピール」

「いやマジで古参だから。最古参だから。投稿始めた初期の頃から聴いてたし、コメントも残してたし」

熱のこもった奏汰の力説を、はいはい、と聞き流しながら、俺はまたイヤホンを耳にはめる。なんとなく、もう一度聴きたくなった。灯、と胸の中でその名前をなぞりながら、歌声に耳をすます。

本当にきれいな声だし、たぶん上手い。だけどそれだけでなく、なんだか心に引っかかる感じがする。なんだろう。なんだかこの声どこかで、聴き覚えがあるような——。

「ちょっと」

目を閉じて聴き入ろうとしていた俺の耳から、ぶつんとイヤホンが抜かれ、代わりに不満げな奏汰の声が飛んでくる。

「そんなに聴きたいなら自分でスマホで聴いて。僕も聴きたいんだから」

「へいへい」

そっちが聴けと言ったくせに、と思いながら俺はポケットからスマホを取り出し、『灯　歌い手』と検索をかける。そうして出てきた動画投稿サイトで、その歌い手をチャンネル登録した。

休み時間になると、俺はスマホを開き、イヤホンを耳にはめる。

灯は膨大な数の動画を投稿していた。活動期間はまだ二カ月ほどだが、すでに投稿数は八十を超えている。ほぼ毎日、多いときは一日に複数回、歌を歌い、投稿してきたらしい。

――本気、なんだろう。きっと。

本気で歌が好きで、本気で自分の歌を誰かに聴いてほしくて、二カ月間、走り続けてきたのだ、彼女は。それがようやく、世間に見つかった、ということか。奏汰に言わせれば。

俺の好きな曲も何曲か投稿されていたので、それを開いてみた。再生ボタンを押す。流れ込んでくる歌声は、やっぱりどこかで聴き覚えがある気がする。

誰だっけ。どこで聴いたのだろう。リアルで人の歌声を聴く機会なんて、カラオケか、音楽の授業中ぐらいしかないけれど。そのどこかで――。

「めずらしい。有賀、なに聴いてんのー?」

ふいにそんな声と同時に前の席の椅子が引かれ、ひとりの友人がこちらを向いて座った。

「あー、ちょっと、音楽」イヤホンを外しながら、俺が答えると、

「なんだ。てっきり録音した西条さんの声でも聴いてんのかと」

「なんだその発想、きもちわる。したことねえよ、そんなん」

軽口に笑って返したところで、あ、とふと思う。

そっか。

「西条なんかな」

「え、なにが?」

「いや、こっちの話」

ふとした思いつきは、すとんと胸に下りてきた。

たぶん、そうなのだろう。西条の歌声なんて聴いたことないけれど。もし西条が歌ったとしたら、こんな声のような気がする。声の系統というか、そういうのはなんとなく似ている気がするし。うん、たぶんそうだ。

答えが見つかったことにすっきりして、俺はスマホを閉じる。それから頭の隅で、そういえば、と考えた。

西条って、歌うの好きなんかな。カラオケとか行くんかな。

……今度、月歩に訊いてみよ。


「月歩―」

「あ、有賀くん」

放課後。帰ろうとしたところで、また重そうなノートの山を抱えた月歩を見つけた。名前を呼ぶと、振り向いた彼女はぱっと笑顔になって、

「おつかれ。今帰り?」

「うん。どうしたん、これ」

彼女の腕から、またノートの上半分を取りながら訊ねる。「わ、ありがと」と月歩は恐縮したようにお礼を言ってから、

「担任の先生に、美術室まで運んどいてって頼まれたんだ」

つい先日も聞いたような答えに、俺はちょっと眉を寄せる。

「月歩、このまえもこういうの頼まれてなかった？」

「うん。ほら、あたし今、席が教壇の真ん前だから。よく先生と目が合っちゃうんだよね」

苦笑しながら月歩は言うけれど、たぶん席の問題だけじゃないんだろうなあ、と俺はなんとなく思う。先生も、月歩には頼みやすいのだろう。たとえば西条が教壇の真ん前の席だったとしても、きっと彼女なら、こんな雑用を頼まれることはない。

「……今日、西条は？」

「家の用事があるらしくて、先に帰ったよ」

ふうん、と相槌を打ってから、俺はノートを抱えて歩き出す。すると少し遅れて歩きだした月歩が、「あ、あの」とあわてたように隣に並びながら、

「時間大丈夫？　有賀くんも、部活とかあるんじゃ」

「ぜんぜん大丈夫、ちょっとぐらい遅れても」

「あの、ありがとうね、有賀くん。いつも」

ふと噛みしめるような口調で月歩が言って、俺は彼女のほうを見た。

軽くうつむいて、抱えたノートに視線を落としている彼女の横顔には、小さくはにかむような笑みが

浮かんでいる。それを眺めながら、「ぜんぜん」と俺は繰り返すと、

「こんな重いの、月歩ひとりで運ばせるわけにいかないし。手伝わせてよ」

「うん。……ありがとう」


美術室は北校舎の三階にあり、なかなか遠かった。

特別教室ばかりが並ぶその階はひとけがなく、喧騒からも遠い。歩いていると、ふたりの足音だけがやけに大きく響いた。

「なあ、月歩は」それにちょっと居心地の悪さを感じて、俺は口を開くと、

「灯って知ってる?」

「へ、ともる?」

なんとはなしに訊ねてみると、隣からはきょとんとした声が返ってきた。

「知らないかも。誰?」

「ネットで、歌ってみた動画とか投稿してる人。このまえちょっとバズってて」

奏汰に教えてもらってから、俺は灯の歌をよく聴くようになった。

最初に聴いたときは、『まあなんかいい声』ぐらいの印象だったのだけれど、西条の声に似ていると思って何度か聴いているうちに、その妙な中毒性にすっかりハマってしまった。

ちなみに三曲ぐらい聴いたところで、やっぱり西条の声には似ていないな、と思った。むしろぜんぜん違う。なぜ似ていると思ったのか、今となっては不思議なぐらいだ。

だけどそう気づいてからも、灯の歌を聴くのはやめなかった。やめられなかった。

どこがいいのかと訊かれたら、うまく説明はできない。ただ灯の歌には、妙な熱量があった。驚異的な投稿頻度もそうだけれど、上手く歌おうとか自分を魅力的に見せようとか、そんな思いよりただ、とにかく歌いたいとか、自分の歌を聴いてほしいとか、そんな切実さがその声にはにじんでいるような気がして。気づけばそれに惹《ひ》きつけられるように、俺は灯の歌を聴いていた。

俺の話に、へえ、と月歩は興味を持ったように相槌を打って、

「有賀くん、その人好きなの？」

「うん。今けっこうハマってる。歌い手の中じゃいちばん好きかも」

「そうなんだ。じゃあ、あたしも今度聴いてみるね」

当たり前のように笑顔でそう返した彼女は、きっと本当に、灯の歌を聴くのだろう。俺が好きだと言ったものを。

なんとなくそんなことを思いながら、俺は美術室の戸を開ける。

奥の机に、他クラスの分らしいノートが積み上がっているのを見つけて、運んできたノートもその山に加えた。

無事仕事を終え、息をつく。

そうして月歩のほうを振り返り、「じゃ、帰ろっか」と言いかけたときだった。

「──あのっ」

ふいに、月歩が声を上げた。

瞬間、心臓が一度大きく脈打った。

意を決したような、少し緊張に上擦る声だった。それだけで、不思議なほどわかった。わかってしまった。彼女が、なにを言おうとしているのか。

見ると、さっきまでの笑顔は消え、軽く強張った表情でこちらを見つめる彼女と目が合う。それにまた、心臓が硬い音を立てたとき、

「あの、あのね。あたし」

一度足元へ視線を落とした月歩が、身体の横でぎゅっと拳を握りしめる。

噛みしめられた唇が震えるのが、いやにはっきりと見えた。

聞きたくない、と一瞬思ってしまった。彼女が続ける言葉を。

だけど止める間もなかった。俺が思わず息をのんだ瞬間に、月歩はふたたび勢いよく顔を上げ、

「好き、です！　有賀くんが！」

その勢いにのせるよう、一息に、告げた。

夕陽に照らされた中でもわかる真っ赤な顔を、それでも必死にうつむかせないよう堪えながら。今にも泣き出しそうに潤んだ目で、だけど決して視線は逸らさずに。

彼女は、どこまでもまっすぐに、俺を見ていた。

息が詰まった。

耐えられなかった。

気づけば、俺は顔を伏せていた。その視線から、逃げるように。

最悪なことをしたと気づいたのは一秒後だったけれど、もう、顔は上げられなかった。

そのまっすぐな目を見つめ返すことが、どうしても。

「……ごめん」

足元を見つめたまま、俺はどうにかそれだけ、声を押し出す。

耳に届いた自分の声は、本当に反吐《へど》が出るほど情けなくて、薄っぺらかった。

「あ……こ、こっちこそっ」

それ以降は言葉が続かず黙ってしまった俺に、すぐに月歩が明るい声を被せてくる。

「いきなりごめんね！」そうして気まずくなった空気を散らすように、笑いの交じるトーンで、

「いいの、ちゃんとわかってたし！　有賀くんは日奈子のことが好きだって。ただどうしても、急に、言いたくなっちゃっただけで」

ごめんね、と困ったように繰り返す月歩に、なんで、と思う。

なんで月歩が謝っているのだろう。

月歩が謝るようなことなんてない。月歩はなにも悪くない。

だって、俺は。

「あたしね、今までこういうの、言えずに終わることが多くて。それがずっと嫌で、だから今回は、ちゃんと伝えておきたかったの。有賀くんと日奈子がいつか付き合いはじめる前に。ちゃんと好きだって伝えて、それでちゃんと、失恋しておきたいって。そんな、あたしのわがままで」

ごめんね、とまた月歩は重ねる。気丈な、だけどほんの少し語尾の震える声で。

俺がなにも返せずにいるうちに、「だからこれで大丈夫！」と彼女は笑って、

「もう満足したから！　だから心配しないでね。有賀くんと日奈子が付き合いはじめても、あたし、ちゃんと祝福できるから。あたしのことはほんと、なんにも気にしないで。これから遠慮なく、日奈子にいってくれていいからね」

いっきにしゃべって苦しくなったのか、月歩はそこで言葉を切ると、は、と短い息を吐いた。

その息が少し湿っているように聞こえて、俺は咄嗟に顔を上げる。そうして月歩の顔を見ると、目元を赤く染めた彼女と目が合った。

途端、彼女の表情がぐしゃりと歪む。笑顔を作ろうとして失敗したみたいに。

それにまた、心臓をぎりっと握りしめられたような痛みが走ったとき、

「じゃ、じゃあ、えと、ばいばい！　ノート、運んでくれてありがとうね！」

必死に押し出すような声を投げると同時に、彼女はきびすを返した。

あ、と情けない声が漏れたけれど、引き留める間はなかった。

月歩のいなくなった美術室は、途端にぞっとするほど静まりかえり、そのことにまた、息が詰まった。

指先に触れる空気が、ひどく冷たかった。

夕陽に浸された土手沿いを歩きながら、イヤホンを耳にはめる。

スマホをすべる指先は、自然と、灯の動画を再生していた。

やわらかで透明な歌声が、流れ込んでくる。

恋の歌だった。片思いの切なさを歌う歌。

耳に響くその声に、ふいに目の奥が熱くなる。思わず目を伏せると、まぶたの裏に月歩の顔が浮かんだ。

話しかけると、いつもぱっとこちらを振り向き、ほころぶように笑った。「有賀くん」とうれしそうに俺を呼んだ。彼女の腕からノートの山を取ると、はにかむようにうつむいて、お礼を言った。

――そうだ。知っていた。

彼女が俺を、どう思ってくれていたのかなんて。

気づいていて、気づかない振りをした。

利用した。西条に、近づくために。

最初に月歩に声をかけたときから、ずっとそうだった。ノートを運ぶ彼女を手伝ったときも、お昼に誘ったときも、名前を呼んでいいかと訊ねたときも。

月歩に笑顔を向けながら、俺はずっと、月歩の顔なんてまともに見ていなかった。ただ西条のことを考えながら、彼女に優しくした。西条の親友である彼女に、好かれたくて。そうして彼女を通して西条に近づければと、そんな浅はかなことを考えながら、ずっと。ずっと。

恋の歌が終わり、自動再生で次の曲が始まる。最近は灯の歌ばかり聴いていたから、次に流れてきたのも灯の声だった。

それを聴いているうちに、急に、ぐっと心臓がせり上がってくるのを感じた。

いっきに喉元まで圧迫され、息ができなくなる。苦しさに、思わずその場にしゃがみ込む。

気持ちが悪かった。吐き気がして、目のふちに涙がにじんだ。本当に吐くことはなかったけれど、涙だけは、堪える間もなく目からあふれていた。

つーちゃんを傷つけたら、ぜったいに許さない。あの日俺に告げた西条の声が、耳の奥に響く。

祝福する、と月歩は言ってくれた。俺と西条が付き合うことになったら。ちゃんと祝福できるから、と。

だけどもう、そんな日はぜったいにやってこない。

西条は俺をぜったいに許さないだろうし、俺は西条にも月歩にも、もう、近づけないから。

そもそも俺は、なんで西条だったんだっけ。彼女のなにを、好きになったんだっけ。

——ああ、そうだ。ただ、かわいかったから。入学式でずらりと並んだ女の子たちの中で、圧倒的に目立っていたから。あの顔を毎日近くで見られるなら、幸せだろうなと思った。あの子を連れて歩けたら、気持ちいいだろうなと思った。ただそれだけ。俺がただ、そうしたかっただけで。


ああ、本当に。

——なんて、薄っぺらいのだろう。


自分のことを、こんなにも嫌いだと思ったのは、はじめてだった。

しゃがみ込んだまま、俺はただ顔を伏せていた。それしかできなかった。

イヤホンから流れる灯の歌声を、ぼんやりと聴きながら。暗い地面に落ちる涙を、途方に暮れたように眺めていた。

3
灯と早野月歩

月歩という名前が嫌いだった。

おばあちゃんがつけてくれたというそのかわいい字面が、昔はすごくお気に入りだったはずなのに。

いつしか、太陽みたいなあの子との関係を、体現しているみたいな名前に思えてきて。

気づけば、大嫌いになってしまった。


「つーちゃん、見て見て。これめっちゃかわいくない?」

隣から日奈子のそんな声がして、あたしはヘアピンの並ぶ棚を眺めていた視線を、横へ向ける。

彼女が持っていたのは、大きめの白いパールが並んだヘアピンだった。パールの周りは、キラキラとしたゴールドで縁取られていて、

「わ、かわいい!」

そのぱっと目を引く華やかさに、あたしは一瞬で心をつかまれてしまった。思わず黄色い声を上げると、「でしょ!」と日奈子は弾けるような笑みを見せ、

「ね、つーちゃんこれ、おそろいで買おうよ」

ヘアピンをこちらへ差し出しながら、にこにことうれしそうに言った。

「……え」

だけどあたしは、その言葉に浮かべかけた笑顔が強張《こわば》る。

――嫌だ、と。咄嗟にそんな思いが、胸をついて。

「あー……いや、あたしは」

日奈子の顔から目を逸らしながら、あたしはいそいで言葉を探すと、

「いいや。そういうかわいいの、似合わないし。ごめん」

「え、なんで。ぜったい似合うよ。つーちゃん、かわいいもん」

ふっと真顔になった日奈子が、まっすぐにあたしの顔を見据えて、ひどくはっきりとした声で言い切る。真剣なトーンだった。

日奈子はいつもそうだった。

あたしがつい、こういう卑屈なことを口にしてしまったとき。いつだって、とても真面目に、真剣に、否定してくれた。

そうやって気を遣わせてしまうのも申し訳ないので、自虐はやめようとそのたび思うのに、それでもつい、こういう場面では口からこぼれてしまう。

失敗した。

反省しながら、せめて深刻な空気にしないよう、「ないない」とあたしはできるだけ軽い調子で笑う。

「それにさ、あたし、こういうへアピンが合うような服持ってなくて。買っても使わなそうだから」

その理由にはちょっと納得したように、「あー……」と日奈子が声を漏らす。

「たしかに最近は、つーちゃん、ボーイッシュ系が多いよね」

「うん。だから」

「でもなんで？　こういうへアピンが合うようなかわいい服も、前はよく着てたよね。ふわっとした感

じのワンピースとか。なんで今は着なくなっちゃったの？」

　ふと気づいたように日奈子が訊いてきて、あたしは苦笑しながら、

「まあほら、もう高校生になったし。自分に似合うものと似合わないものがわかってきたというか。なんというか、身のほどを知った、みたいな？」

　そうだ。あの頃はまだ、よくわかっていなかったんだ。自分が女子としてどれぐらいのレベルなのか、とか。だから平気でチェック柄の甘いワンピースなんか着て、日奈子の隣に並んでいられたんだ。

　今思えば恐ろしい。恐ろしいほど、恥ずかしい。いまだに思い出すたび、頭を掻きむしりたくなるぐらいに。

「いや、知れてないよ。つーちゃん、前着てたかわいい系の服、超似合ってたもん。そりゃ、今のボーイッシュ系もめちゃくちゃかわいいし似合ってるけど、でもかわいい系が似合わないなんてことはぜったいないよ。つーちゃん、ほんとにかわいいんだから」

　真面目な顔で力説してくれる日奈子に、あたしは、あはは、と乾いた笑いだけを返す。そこまで熱くなってくれなくていいのになあ、なんてちょっと思いながら。

　わかってる。日奈子は優しい。だからあたしを、必死にフォローしてくれる。

　だけど正直、欲しくない。

　日奈子がくれる『かわいい』だけは。あたしはどうしても、素直に受け取れないから。

「いいから、日奈子はそれ買いなよ。日奈子がつけたらぜったいかわいいよ」

「つーちゃんは？」

「だから、あたしはいいって。ごめんね」

日奈子はしばらく粘っていたけれど、頑なに拒否していたら、どうにかあきらめてくれたみたいだった。

不満げに軽く唇をとがらせた表情で、売り場に置かれた鏡を覗き込む。そうして手にしていたヘアピンを、自分の髪に当てて試していた。

――ああ、やっぱり。

そうして軽く当ててみただけでも、それははっとするほど彼女に似合っていて、あたしはまた、なにかを突きつけられたような気分になる。

日奈子のミルクティーみたいな明るい髪色に、華やかな白とゴールドが、完璧に映えている。まるで最初から、日奈子のために作られたものみたいに。

そう思うとなんだか本当に、今目の前にあるヘアピンがすべて、彼女のために存在するもののように見えてきた。

さっきまで、かわいいな、と思いながら眺めていたべっ甲風のヘアピンもキラキラした花の形のヘアピンも、ぜんぶ。途端に色褪せてしまって、つけてみたいと思えなくなった。

――だってどれも、日奈子がつけたほうが、ずっとずっとかわいい。

「つーちゃんとおそろい、したかったのにな」

けっきょく日奈子だけがヘアピンを買ってお店を出たあとも、日奈子はまだ名残惜しそうにぼそっと

呟いていて、

「やだよ、日奈子とおそろいなんて」

あたしは冗談っぽい口調になるよう努めて、軽く返す。

「なんでー」と日奈子は不満そうに眉をひそめながら、

「前はよくしてたのに。髪型も、しばらくずっといっしょだったし」

「あー……だったね。そういえば」

今となっては思い出したくない、あたしの黒歴史のひとつだ。

小学六年生の終盤から、中学校に上がってしばらく。あたしは日奈子と仲良くなったことをきっかけに、彼女と同じ髪型にしていた。しかも、かわいいカチューシャなんかつけたりして。

ただでさえ恥ずかしいのに、そんなあたしの隣には、ずっとお人形さんみたいにカチューシャが似合う日奈子がいたのだ。否応《いやおう》なく比較されるような状況で、よくもそんな怖いもの知らずなことができたものだと、今となってはつくづく思う。無知って怖いな、なんて。

「つーちゃん、もう今はカチューシャしないの?」

「しないよ。するわけない」

ふと気になったように日奈子が訊いてきて、あたしはぎょっとしながら大きく首を横に振った。

「なんで? 似合ってたのに」

あの頃みたいに毎日ではないけれど、日奈子は今も、ときどきカチューシャをつけている。あの頃とは違う、黒やグレーの落ち着いた雰囲気のものを。あいかわらず完璧にかわいく、つけこなしている。

その隣であたしもカチューシャをつけるなんて、なんだかもう、想像しただけでぞっとする。

「まあ、小学生の頃はね。まだ許された感あるけど、今はもう無理」

「なにそれ。つーちゃんは今もずっとかわいいってば」

「もういいってば」

飽きずに繰り返してくれる日奈子に、あたしは笑って返す。笑顔が強張っていませんように、と願いながら。

「本当なのに……」といじけたように日奈子が呟く。

たぶん本当に、本当なんだろうな、というのはわかっている。

日奈子はたぶん本気で、あたしに『かわいい』と言ってくれている。小学生の頃から、ずっと。だけどいつからか、あたしはそれを受け取れなくなった。嫌味なのかな、なんて最悪なことすら、思ってしまうようになってしまった。知っているくせに、なんて、どうしようもなく卑屈《ひくつ》で、醜いことを。

自分のほうが、あたしより百倍かわいいってこと。

どうせ知っているくせに、って。


「つーちゃん、私ね、藤田《ふじた》くんと付き合うことになったの」

あたしの初恋は、そんなふうにして終わった。

中学一年生の秋だった。

二学期が始まって最初の席替えで隣の席になって、よくしゃべるようになった男の子。特別イケメンというわけではなかったけれど、明るくて面白くて、よく話しかけてきてくれて。話していると楽しかった。いつの間にかあたしは、彼と話すのを楽しみに、毎日学校へ行くようになっていた。

その気持ちが恋だったと気づいたのは、日奈子があたしに、彼と付き合いはじめたことを告げたときで。

「そう、なんだ。おめでとう！」

一瞬呆然としてしまったあとで、あたしはあわてて笑顔を作る。

声は少し震えてしまったけれど、日奈子は気づかなかったようで、「ありがとう」とただ弾んだ声で笑った。

「知らなかった。日奈子、藤田くんのこと好きだったの？」

動揺を必死に隠しながら訊ねたあたしに、「うーん」と日奈子はちょっと考えてから、

「今までは、はっきり好きだって思ったことはなかったんだけどね。昨日、藤田くんから告白されたときうれしくて、それで私、藤田くんのこと好きだったのかなあって思って」

はにかむようにうつむいて、日奈子はとつとつと答えを返す。そのちょっと頬を染めた彼女の笑顔はびっくりするほどかわいくて、ああ、そりゃそうだよなあって、あたしはなんだかもう、強制的に納得させられた気がした。

男の子ならみんな、こういう女の子のことを好きになるに決まっている。

なんで、とか、悲しい、とか、そんな気持ちすら湧かせないぐらいの圧倒的な差を見せつけられて、

あたしはただ、「お幸せにね」と笑った。その瞬間のあたしには、それしか、許されていなかった。

そしてその日のうちに、あたしは髪を切った。

小六の冬に一度ショートボブにしてからは、ずっと伸ばしていた長い髪を。ばっさりと、また顎あたりまでのショートボブに戻した。

翌日、短くなったあたしの髪を見た日奈子は、一瞬だけショックを受けたような顔をした。それでもすぐに気を取り直したように笑って、「かわいいよ」と言ってくれたけれど。

藤田くんも、短くなったあたしの髪型を「似合ってる」と言ってくれた。

それに「ありがとう」と返しながら、あたしは、バカみたいだなあ、とぼんやり思った。

ずっと覚えていた。席が隣になってしばらくして、藤田くんがふと、あたしの長い髪を褒めてくれたこと。

きれいだよな、って言ってくれた。ロングヘアが好き、だとも。

クラスの男の子に見た目について褒められたのなんてはじめてだったから、あたしはそのとき、うっかり舞い上がってしまった。思えば彼のことを意識しはじめたのも、それがきっかけだったのかもしれない。ああ髪を伸ばしていて良かったな、これからもお手入れ頑張ろう、なんて。ドキドキしながら、あたしは思っていた。

今思えば、本当にバカみたいだけど。

『きれい』も、『ロングヘアが好き』も。彼が誰のことを考えながら言っていたのか、今ならわかる。そもそも、彼があたしによく話しかけてくれたのだって。彼が本当に話しかけたかったのは、仲よくなりたかったのは、たぶん、あたしじゃなかったんだ。あたしがひとりで勘違いして、勝手に舞い上がっていただけで。

日奈子とおそろいでずっとつけていたカチューシャも、それきり、つけることはなくなった。日奈子はあたしがカチューシャをつけなくなったことを寂しそうにしていたけれど、どうしても、もうつける気にはなれなかった。

もちろん、日奈子がかわいいことなんて、ずっと前から知っていた。

ふんわりしたミルクティーみたいな髪色も、その色と同じ茶色い瞳も、透き通るように真っ白な肌も。他のどの女の子も持っていない、日奈子だけのものだった。

だけどそんな彼女の隣にいることを、躊躇《ちゅうちょ》したことなんてなかった。今までは。

日奈子はただいっしょにいると楽しい、大好きな友だちで。だからいっしょにいたくていっしょにいた。今まではずっと、ただそれだけだった。

ただ、それだけで、よかったのに。

はじめての失恋といっしょに、あたしは知ってしまった。

そして知ってしまったらもう、見て見ぬ振りをすることはできなかった。

あたしと日奈子の残酷なほどの差と、そんな彼女の隣にいることの、苦しさを。

「なあ早野、今日西条休み?」

「早野さ、今度遊びいこうよ。西条もいっしょに、みんなで」

「あれ? 早野さん今日ひとりなん? 西条さんは?」

一度気づいてしまうと、むしろ今までどうして気づかなかったのだろうと思うぐらい、周りの態度はわかりやすかった。

あたしに近づいてくる男子はみんな、日奈子のことを口にしていた。

もちろんみんな、いつもいつも日奈子の話をしてくるわけではなく、会話の端々《はしばし》でさり気なく訊いてきたりするぐらいだけれど。気にしはじめると、誰もかれも笑ってしまうぐらい、あからさまだった。

あたしとの会話なんて、みんな本当はどうでもいいんだって気づいた。

あたしから聞きたい話なんて、日奈子のこと以外ないんだ、って。


日奈子と藤田くんは、けっきょく三週間ほどで別れた。

理由を訊いたけれど、日奈子は教えてくれなかった。ただなにかあったことは間違いないようで、「もう嫌いになったの、あの人」とだけ、本当に心の底から嫌悪のにじむ顔で、彼女は吐き捨てていた。

別れる際はなかなかの修羅場だったのか、変な噂も立っていた。日奈子が藤田くんに、持っていた水をぶっかけていた、とかなんとか。

だけどそれについて、日奈子があたしになにか愚痴ったり、相談してくることはなかったので、あたしもなにも触れなかった。日奈子にはとくに気落ちした様子もなかったし、むしろ藤田くんのことなんてもうきれいさっぱり忘れたかのような顔をしていたから、あえて蒸し返さないことにした。

藤田くんについて、日奈子と別れたからまたあたしにチャンスが巡ってきた、なんて、さすがにそんなおめでたいことは思わなかった。

むしろ、日奈子のことを好きになった男の子なのだと思ったら、驚くほどさあっと熱が引いていた。たぶんこれから先も、ふたたび彼を好きになることは、二度とないと思えるぐらいに。

それにその頃のあたしには、別の気になる男子がいた。

今度は同じバドミントン部の、瀬川《せがわ》くんという人だった。

話しかけるといつも楽しそうに笑ってくれるところとか、さり気なく気遣いをしてくれるところとか、部活中だけでなく、校内ですれ違ったときとかでも、必ず声をかけてくれるところとか。そういうのがうれしくて、気づけば彼を目で追うようになっていた。

日奈子はバドミントン部ではなかったし、彼と日奈子はクラスも違ったから、日奈子とはあまり関わりがないというところも、勝手ながら、ちょっと安心できた。

だけど。

「ねえつーちゃん、私、つーちゃんがバドミントンやってるところ見たいな。今度、部活見にいっていい?」

藤田くんと別れてしばらくした頃、日奈子が楽しそうにそんなことを言ってきた。

瞬間、え、とあたしは思わず硬い声をこぼしてしまった。

ほんの少しだけ、嫌な予感がして。

だけど断る理由なんて思いつかなかった。

その日、制服姿で体育館に現れた日奈子は、それだけで視線を集めていた。とくに男子からの、熱のこもった視線を。日奈子自身は気にした様子もなく、笑顔であたしのほうを見ながら、ぶんぶん手を振っていたけれど。

「つーちゃんて、めっちゃ上手いんだね！　びっくりしちゃった。部員の中でいちばん上手いんじゃない？　すごいね。かっこよかったあ」

部活終わり、いっしょに帰りながら日奈子はずっと、部活中のあたしがいかにすごかったかについて延々と語ってくれた。

あまりの熱弁にむず痒くなりながらも、実は気になる男の子を見つけて……なんて言葉が彼女から出てこなかったことに、あたしはほっとしていたけれど、

「ね、また見にいっていい？　つーちゃんの部活。また見たいな」

意気込んだ調子で日奈子に訊かれたとき、少し、顔が強張るのを感じた。

それから日奈子は、ちょくちょくあたしの部活を見にくるようになった。

あくまで日奈子が見ているのはあたしだけで、とくに彼女になにか他の目的があるようには見えな

かったけれど、体育館に日奈子がいるというだけで、あたしはなぜだか少し、心がざわついた。

――そしてしばらくして、その嫌な予感は的中した。

ある日の部活終わり、体育館の隅で、日奈子に声をかけている瀬川くんの姿を見つけた。

あたしと話すときとはぜんぜん違う、なんだか少し緊張したような表情で、だけど楽しそうに。瀬川くんは日奈子を呼び止め、なにか話していた。

それに笑顔で応える日奈子の横顔を見た瞬間に、あたしはもう、嫌になるほど察してしまった。

きっとこの恋も、近いうちに終わることを。


「あのね、瀬川くんとね、付き合うことになったの」

ちょっと照れたように笑いながら日奈子が告げたのは、二週間後だった。

予想はしていたのに、それでもあらためて告げられると一瞬、視界が揺れた。息が詰まって、全身が冷たくなった。

「……そ、っか」だけど動揺を悟られないよう、あたしはまた必死に笑顔を作って、

「おめでとう。よかったね！」

「うん」

ありがとう、と目を伏せてはにかむ日奈子はやっぱりどうしようもなくかわいくて、あたしは急に泣きたくなった。ずるい、なんで、って。子どもみたいに思いきり、声を上げて泣きたかった。

泣けたら、よかった。

日奈子が悪いわけではないのは、わかっていた。

わかっていたから、苦しかった。

しばらくして、日奈子は瀬川くんとも別れた。また、一カ月も持たなかった。

別れた理由については、日奈子はあいかわらず教えてくれなかった。ただ前回と同様、「もう嫌いになったの」とだけ、しかめっつらで言っていた。

日奈子がそこまで言うのだから、きっとそれなりの出来事があったのだろう。ふたりの問題だから、あたしには知りようもない。本当にどうしようもなく、日奈子にとって許せないようなことが、あったのかもしれない。

頭の隅ではそう理解できているのに、だけど、と別の場所では思う。思ってしまう。

そんなにすぐ、捨てるぐらいなら。

あたしの欲しかったもの、とらないでよ――、なんて。

そんなどうしようもなく身勝手なことを、駄々をこねるみたいに。

失恋したあとは心の底から、もう恋なんてやめよう、と思うのに、気づけばあたしはまたすっかり忘れて、次の恋をしていた。

わかっているはずなのに。あたし自身に興味がある男子なんていない。あたしと仲良くなろうと近づいてくる男子はみんな、本当は日奈子が目当てなんだって。自惚れるな、勘違いするな、って。優しくされるたび、必死に自分に言い聞かせているのに。

それでも日奈子ではない、あたし自身を見てくれているようなことを言われると、あたしの心はいつも、ころっとつかまれてしまう。我ながら単純だし、ちょろい女だとつくづく思うけれど。

——だけど、うれしいんだ。どうしても。泣きたくなるぐらいに。

「早野さんと話してると楽しい」だとか、「早野いつもモップがけ最後までやっててえらいよな」だとか、「なんか早野ばっかり先生から手伝い頼まれてない？ 今度から俺代わるよ」だとか。本当に何気ない、たぶん言ったほうはその日のうちに忘れているぐらいの、そんなちょっとした言葉が。

あたしの胸にはいちいち、どうしようもなく響いてしまう。

誰もあたしなんて見てくれるわけがないって思いながら生きている、あたしの胸には。ぜんぶが、泣きたくなるほど、刺さってしまう。

自分がこんなにバカで、惚れっぽいなんて知らなかった。

何度失恋しても、あたしは懲りずにまた恋をして、

「つーちゃん、私ね、昨日彼氏ができたの」

——日奈子のそんな言葉とともに、恋を終えた。

自分の気持ちを伝えることすら、できないうちに。

「わ、つーちゃん見て見て。このポーチかわいいよ」

「あ、ほんとだ。かわいい！」

そんなことを何度繰り返していても、あたしと日奈子の関係が変わることはなかった。変える理由に、なってくれなかったから。

日奈子が誰かと付き合いはじめるとき、きっかけはいつも相手からの告白だった。日奈子はそれを受け入れてきただけで、日奈子が自発的に誰かと付き合いはじめたことは、一度もなかった。

それにあたしは日奈子に、好きな人ができた、なんて話をしたこともなかった。たいてい『好き』と自覚する前にその人が日奈子と付き合いはじめ、あたしはその報告をもって、恋と失恋を同時に知るという、間抜けなパターンが多かったから。

だから日奈子はあたしの気持ちなんて知らなかったわけで、そこで彼女が躊躇する理由は当然なくて。いや、もし知っていたとしても、日奈子もその人のことが好きだったのなら、あたしに遠慮して断るなんてことは、まったくしなくていいのだけれど。

とにかく日奈子には、なにも、責めるような点がなかった。

ただ日奈子がかわいくて魅力的だから、あたしが好きになる男の子も総じて、日奈子を好きになるというだけで。

――本当に、嫌になるほど、日奈子はなんにも悪くなかった。

「このオレンジがめっちゃかわいい」

「あ、私もそう思ってた！　オレンジかわいいよね」

三色並んだポーチを眺めながらあたしがひとつを指さすと、日奈子はうれしそうに同意して、

「つーちゃんと私、こういう趣味合うよね」

にこにこと笑って彼女が言った言葉に、あたしはちょっと笑顔が強張る。

……本当に。胸の中で、ほろ苦く呟く。

日奈子とは本当に、趣味が合う。

思えば小学校の頃から、ずっとそうだった。好きな色も好きなキャラクターも好きな服装も。日奈子とは面白いぐらいに被っていた。だから格好や持ち物をおそろいにできることを、あの頃はただ純粋に、喜んでいたけれど。

――正直、こんなところまで被るのは、勘弁してほしかった。

「ね、つーちゃんこれ、おそろいで買わない?」

「あー……それならあたし、こっちの水色にしよっかな」

「え、なんで。いっしょにオレンジにしようよ」

「んー、なんか、見てたら水色のほうがよくなってきた。ね、オレンジと水色で色違いにしよ」

そう言って笑いかけると、日奈子は少し寂しそうな顔をした。なにか言いたげに、あたしを見る。だけどあたしは気づかない振りをして、水色のポーチを手に取った。

わかっていた。色違いとかじゃなく、日奈子はまったく同じものを持ちたいんだって。昔みたいに。

だけどもう、今は無理なんだ。

――無理に、なってしまった。

「……つーちゃん」

「うん？」

「カチューシャ、もうつけないの？」

唐突な質問に振り向くと、日奈子は悲しげに眉を下げた笑顔で、あたしを見ていた。

その表情には少し胸が痛んだけれど、「うん」と頷くことに、迷いはなかった。

「もう、つけないよ」


高校も、あたしたちは同じところに進学した。

先に受験先を決めたのはあたしで、

「そういえばつーちゃん、高校どこに行くの？」

中三の秋口、日奈子はふと思い出したようにあたしに訊いてきた。昼休みに、いちごヨーグルトを飲みながら。

それにあたしが、「北高かなあ」と答えると、

「じゃあ私もそこにしよ」

日奈子は一秒も迷うことなく、まるで自動販売機でジュースを選ぶみたいな軽さでそう決めて、そして本当に、その高校を受験した。

「高校でもよろしくね、つーちゃん」

合格発表の日。ふたりの受験番号を見つけた掲示板の前で、日奈子はそう言ってあたしの手を握った。頬を紅潮させた、心底うれしそうな笑顔で。

そんな彼女の手を握り返しながら、あたしはなんだか少し、うまく笑えなかった。

——高校でも、日奈子といっしょ。

それだけで、あたしの高校生活がどんなものになるのか、だいたいの予想がついてしまって。

全力で喜んでくれる日奈子の前で、そんなことを考えて暗い気分になっている自分が、嫌だった。

そうして始まった高校生活は、あたしの予想を裏切ってくれることはなかった。

日奈子はやっぱり高校でも圧倒的にかわいくて、おそろしくモテていた。

入学初日から、隣のクラスの男子に熱烈にアプローチされたりもしていた。当の日奈子はまったく興味がないようで、鬼のような冷たさであしらっていたけれど。

それでも彼はめげることなく日奈子へのアプローチを続けていて、なんだかもう、かわいいってすごいなあ、なんてあたしは感心してしまう。あんな愛想のかけらもない態度をとられようと、べつにいいんだ。変わらず、日奈子が好きなんだ。

あたしなんて、どれだけ愛想を振りまこうと、誰も振り向いてはくれないのに。

日奈子にアプローチする男子は他にもたくさんいたけれど、彼女の興味を引ける人はまだ、ひとりもいないようだった。連絡先すら教えないという徹底ぶりで彼女は完全にシャッターを降ろしていて、もしかして、高校ではもう誰とも付き合う気がないのだろうか、なんてあたしが思いはじめた矢先。

「橘くんと、付き合うことになったの」

日奈子が告げたのは、夏休みに入る少し前だった。

あたしもよく知るその名前に、え、と小さく震えた唇からは声がこぼれる。

「橘くん、って……うちのクラスの？」

「うん。つーちゃんの隣の席の」

どうしようもない既視感に、一瞬、目眩《めまい》がした。

え、とまた、掠れた声がこぼれる。

「日奈子、いつの間に橘くんと、仲良くなってたの？」

「ほら、私、よくつーちゃんのところに遊びにきてたでしょ。そのときに気になって見ててくれたんだって。それで昨日の放課後、急に声かけられて、付き合ってほしいって」

「え、ちょっと待って」

はにかむように話す日奈子の言葉を、あたしは思わずさえぎって声を上げていた。「それで」視界が揺れて、咄嗟に右手で自分の額を押さえる。

「日奈子は、頷いたの？　橘くんと話したこともなかったのに？」

「うん。なんかそのとき、すごく感じが良かったっていうか、誠実そうだったから。付き合ってみてもいいかなあって」

「他の寄ってくる男の子は、全員駄目だったのに？　橘くんだけはいいなって？」

「うん。なんか、直感？　みたいな」

照れたように笑う日奈子の顔を、あたしは呆けたように見つめていた。

なんで、と強張った声が胸の中に落ちる。

——なんで、橘くん。

ふたりになんの接点もなかったのは、あたしもよく知っている。日奈子はたしかにうちのクラスによく遊びにきていたし、そんな日奈子を橘くんがひそかに見ていた、というのはわかるけれど。

——そんな相手からの告白を、日奈子が受けた？　誠実そうだっていう、直感だけで？

いや、日奈子がそう言うのだから、そうなのかもしれないけれど。ひと目惚れだってあるのだから、べつにおかしな話ではない。よほどなにか、ビビッとくるものがあったのかもしれないし。

だけど、とあたしは思う。

どうしても思ってしまう。

だって、橘くんは。

橘くんは、たぶんあたしの、今この学校でいる中で、いちばん仲のいい男の子だった。

部活が同じでもともと話すほうではあったけれど、席が隣になってからさらによく話すようになって、最近は連絡先も交換して、何気ないことでメッセージのやり取りもするようになって。

気が合って、話していると楽しくて、それでほんの少し——いいな、と思っていた男の子だった。

いや、まさか。浮かびかけた疑念を、あたしは必死に振り払う。

偶然だと強く言い聞かせる。今までのように。

偶然。偶然なんだ。

今まで何度となく、同じことが繰り返されていたとしても。

ただ、日奈子がかわいいから。そしてあたしと日奈子は趣味が合うから。好きなものが、よく被るから。

だから、あたしの好きになった人が決まって日奈子を好きになって、ふたりが付き合いはじめることも。

ただの偶然で、日奈子はなんにも、悪くないんだって。


橘くんと付き合いはじめてからも、日奈子はあたしといっしょにお昼を食べると言い張っていたけれど、あたしのほうから断った。

日奈子は今までも、ずっとそうだった。彼氏ができても、あたしを優先しようとしてくれた。

気持ちはうれしいのだけれど、そのせいであたしが日奈子の彼氏から疎《うと》まれたりすることがあったから、今は自分から距離を置くようにしている。

仲よく笑っているふたりを見るのが、つらいというのもあったけれど。

ふたりはうちのクラスで食べるということだったので、あたしはバドミントン部の部室に移動した。

そこでひとり寂しくお弁当を食べてから、教室に戻る途中で、

「弁当、どこで食べてたん?」

突然、有賀くんに話しかけられ、そのときはじめて、あたしは彼としゃべった。

入学初日から、日奈子に熱烈なアプローチを続けていた彼と。

日奈子に彼氏ができたことで、有賀くんはさすがに落ち込んでいるようだった。だからとりあえず、あたしは少しだけ励ましておいた。日奈子に彼氏ができたからって、そこまで悲観的にならなくても大丈夫、って。

どうせすぐに別れるから、とまでは、さすがに言えなかったけれど。


予想に違わず、日奈子は橘くんとすぐに別れた。そしてまた予想に違わず、すぐに次の彼氏ができた。今度は村井くんだった。あたしとクラスは違うけれど、同じバドミントン部で、やっぱりあたしと仲がよくて、――それでやっぱり、ほんの少し、あたしが、いいなと思っていた人。

その頃にはもう、疑念を押さえつけるのも、難しくなってきていた。

人のものがよく見える、みたいな感じだろうか。あたしはぼんやりと考える。

その気持ちならあたしにもわからなくはない。あたしもよく、人の食べているものがおいしそうに見えることはあるし。そうだ、よくあること、なのかもしれない。

そうのみ込もうとしてみても、でも、と心の奥のほうでは声がする。

もし、そうなのだとしたら。

日奈子はあたしの気持ちに、気づいていたということで。

そのうえでその相手と付き合っていたのなら、日奈子は、あたしを傷つけようがかまわない、と思っていたということで。

――日奈子にとってあたしは、その程度の存在だった、ということで。

「月歩も大変だよなあ、毎回毎回」

ふいに耳を打った声に、ぼうっと物思いにふけりかけていた意識が引き戻される。

「え、べつにだよ」あたしはあわてて笑顔を作りながら、隣に座る有賀くんのほうを見ると、

「中学の頃からこんな感じだったし。べつに友だちも日奈子だけじゃないし」

その頃から、あたしは有賀くんとよく話すようになっていた。

たいてい有賀くんのほうから声をかけてきてくれて、今日なんか、ひとりでお弁当を食べるあたしを見かねたのか、いっしょに食べようと誘ってくれた。

そして有賀くんはよくこんな感じで、あたしに同情的なことを言ってくれた。

どうやら日奈子に彼氏ができて、あたしが寂しがっていると思っているらしい。本当に気持ちを暗くしている理由はそれではなかったけれど、そんなふうに彼が向けてくれる気遣いは素直にうれしかったし、ありがたかった。

有賀くんの言葉に、なんでもないことのように笑って首を振っていると、本当に少し、気持ちが軽くなるような気がして。

わかっていた。彼こそ、本当にわかりやすく、『日奈子に近づくためにあたしに取り入ろうとしている人』だって。

入学初日から人目も気にせず突撃するほど、有賀くんは日奈子への好意を隠していなかった。そんな有賀くんを日奈子がひどく邪険に扱っているのも、よく知っていた。半年以上もふたりはそんな状態のままだったし、たぶん有賀くんも打開策を探しあぐねていたのだと思う。

それできっと、あたしに目をつけた。

日奈子の交友関係は狭くて、友だちらしい友だちはあたしぐらいしかいないから。あたしを通して、日奈子に近づこうと考えたのだろう。

だから彼がくれる言葉はきっと、ぜんぶ、いくらかの打算が混じったものだって。頭ではちゃんと、わかっていた。

わかっていた、のだけれど。


「へえ、月歩。かわいいね」

「これから、月歩って呼んでもいい？」

「月歩、今の髪型めっちゃ似合ってるよな」

「ショート、めっちゃ似合う。なんかさ、ショート似合う女の子っていいよな」


——わかっていても、うれしかった。

有賀くんがくれる言葉は、ぜんぶ。

あたしが嫌いになっていた自分の名前も髪型も、まっすぐに肯定してくれた。その言葉は、途方に暮れたくなるほど、あたしの『ど真ん中』だった。打算でもいいやと、思ってしまうぐらいに。

単純でちょろいあたしはそれだけで、自分の名前も髪型も、少し、好きになれてしまって。

けっきょく性懲《しょうこ》りもなく、あたしはまた恋をした。

今度は最初から、はっきりと、終わりが見えている恋を。


きっと近いうちに、日奈子と有賀くんは付き合いはじめるのだろう。

予感ではなく確信として、あたしは思った。

だってあたしと有賀くんが、仲よくなったから。そしてあたしは有賀くんを、いいな、と思っているから。

そうでなくとも、もともと有賀くんは日奈子一筋だった。何度冷たくあしらわれてもめげないぐらいに。だからべつにあたしなんて関係なく、日奈子がそのうち有賀くんの熱心さにほだされて、いずれ付き合ったのかもしれない。

——なんにせよ、この恋に、あたしは最初から蚊帳の外だった。

わかっていた。どうしようもなく。

それでもよかった。わかっていたうえで、好きになったんだ。

だから。

「──あのっ」

あの日。たまたま有賀くんとふたりきりになった、放課後の美術室で。

「好き、です！　有賀くんが！」

勢い任せに言ってしまったのは、本当に衝動的だった。

もしかしたら明日にでも、「有賀くんと付き合うことになったの」なんて日奈子があたしに告げるのかもしれない。何度も何度も見てきた、あの、おそろしくかわいい笑顔で。

そう思ったら、急に、息ができないほどの焦燥《しょうそう》が胸を焼いた。

日奈子にそう言われたら、あたしはまた、なにも言えずに終わってしまうから。

誰にも言えなかった想いにひとりでひっそり蓋をして、心の奥底、深い深いところへ蹴り落として。

そうする以外、許されなくなってしまうから。

──嫌だ、と。つかの間、痛烈な衝動が思考を吹き飛ばして、気づいたときには、あたしは口走っていた。

有賀くんは、もちろん、とても困った顔をしていた。

苦しげに、あたしの顔から目を逸らすように下を向いて、

「……ごめん」

一度唇を噛んだあとで、小さく呟いた。

絞り出すようなその声が有賀くんらしくなくて、あたしは途端に申し訳なくなる。有賀くんが謝る必

要なんてない。だからあたしはあわてて笑顔を作りながら、「あ……こ、こっちこそっ。いきなりごめんね！」と早口にまくし立てた。

「いいの、ちゃんとわかってたし！　有賀くんは日奈子のことが好きだって。ただどうしても、急に、言いたくなっちゃっただけで」

そうだ、ちゃんとわかっていた。

それでも言っておきたかった。今までずっと、伝えきれなかったことを。一度ぐらい、ちゃんと伝えてみたかった。

ただそれだけで、期待なんて少しもしていなかった。なのに、あらためて真正面から答えを突きつけられると、やっぱりちょっと息が詰まった。気にしないで、という言葉を必死に並べているうちに、声が震え、目の奥が熱くなってきた。

それに気づいたのか、有賀くんがふと顔を上げる。そうしてあたしを見た彼の顔はやっぱり苦しそうで、その顔を見た瞬間、あたしは堪えきれなくなった。

「じゃあ、えと、ばいばい！」

逃げるように美術室を出て、廊下を走る。

涙があふれたのは、校門を出て、駅へ続く道を歩きだしたときだった。

中途半端な時間帯の通学路に、ひとけはなかった。だからあたしは、ぼろぼろとこぼれる涙も喉から漏れる嗚咽も堪えず、泣きながら歩いた。もしかしたら誰かいたかもしれないけれど、もういいやと思った。

……失恋、した。

歩きながら、ただその事実だけが、身体中に広がっていく。

好きな人に好きだって伝えて、ごめんって言われた。

はじめてだ。はじめて、言えた。はじめてちゃんと、あたしは失恋した。

知らなかった。

好きな人に好きって言うの、こんなに痛いのか。

どうしようもなく痛くて、うまく息が吸えなくて、震える喉からは嗚咽ばかりがこぼれて。苦しくて涙が止まらないのに、なぜだか、胸の奥には不思議な清々《すがすが》しさがあった。

恋が叶わなかったことに、違いはないのに。あたしはまた選ばれなかった。好きな人に、好きになってもらえなかった。その事実は同じなのに。なんでだろう。

制服の袖でごしごしと目元を拭いながら、思う。あたしは。

――あたしは、今の自分が、けっこう好きだ。

かっこ悪い告白をして、ばっさり振られて、情けなくぼろぼろ泣いている今のあたしが。今までいちばん、好きかもしれないって。

はじめて、そんなことを思えた。

有賀くんは翌日から、あたしに話しかけてこなくなった。

前は廊下ですれ違えば必ず声をかけてくれていたのに、今は、気まずそうに目を逸らされる。

もちろん、こうなるのはわかっていた。そりゃ寂しかったけれど、仕方ないと思った。自分が振った相手なんて、気まずい以外ないだろうし。

だからそれはよかったのだけれど、彼はなぜかあたしだけでなく、日奈子にも一切接触しなくなっていた。

今、日奈子に彼氏はいない。今までの有賀くんなら、この貴重な日奈子のフリー期間に、全力でアタックしていたはずなのに。

あたしのせいなんだろうな、というのはすぐに察した。さすがにそれ以外考えられなかった。

昨日、『あたしのことは一切気にせず日奈子にいってください』というのは、だいぶ言葉を尽くして伝えたつもりだったけれど、やっぱり有賀くん的に気にしないというわけにはいかなかったのだろう。

申し訳ないな、と思う。本当に、あたしはなにも気にしないのに。

有賀くんと日奈子が付き合ったとしても、今ならきっと、心から祝福できるのに。


「ねえ、つーちゃん」

「うんー?」

「有賀くんと、なんかあった?」

放課後、日奈子と並んで廊下を歩いていたとき、ふいに彼女が訊いてきた。

その日は部活が休みだったので、久しぶりに日奈子といっしょに帰っていた。ホームルームが終わるなり、うれしそうにあたしのクラスまで迎えにきてくれた彼女と、連れ立って教室を出た。

そうして教室を離れ、喧騒が遠くなったところで向けられた質問に、あたしは日奈子のほうを見た。

さっきまで朗らかに笑っていたはずの日奈子の顔に、今は笑みはなかった。心配そうに眉を寄せた表情で、こちらをじっと見ている。

「……あたしね」

その真剣な眼差しを見つめ返しながら、あたしは少しだけ考えたあとで、

「有賀くんに、告白したんだ」

「え」

「もちろん、振られたけどね」

言ったあと、自然と顔には笑みが浮かぶのがわかった。もう痛みはなかった。ただほんの少しのほろ苦さと、あとは圧倒的な清々しさだけが、胸に残っていた。

だから笑顔で日奈子に告げることができたのに、それを聞いた日奈子のほうは、息をのむような顔をした。

大きく目を見開き、え、と掠《かす》れた声をこぼす。その表情がまるで叩かれたみたいに歪むのを見て、「あっ、でもね」とあたしはあわてて言葉を継ぐ。

「もう、ぜんぜん大丈夫だから。振られるのはわかってたもん。それでも言いたかったから、つい言っちゃっただけで。有賀くんには迷惑な話なんだけどさ」

だからね。あたしはまっすぐに日奈子を見て、笑顔で続ける。

「大丈夫だからね、日奈子」

「……え」

「有賀くんと付き合っても。ぜんぜんいいよ。あ、いやべつに、あたしが許可するようなことじゃないんだけどさ。とにかくあたしのことはぜんぜん、気にしなくていいから」

日奈子は途方に暮れたような顔で、じっとあたしを見つめていた。

「……つーちゃん」

やがて視線を足元に落とした彼女は、ぎゅっと唇を噛む。そうしてぽつんと、泣きそうな声をこぼした。

「ごめんね、私――」

なにか言いかけた日奈子の声は、そこで途切れた。

「――えっ、うそ！　早野さん!?」

ちょうど通りかかった空き教室の中から聞こえてきた高い声が、彼女の声に被さる。

聞こえなければよかったのに、その名前は嫌になるほどくっきりと、耳に飛び込んできた。

「ほんとほんと」と中からは違う女子の声が続く。揶揄《やゆ》するような、笑い交じりの。

「あたし聞いちゃったもん。昨日、美術室で」

瞬間、どくん、と心臓が激しく脈打った。全身が強張る。

その単語だけで、嫌になるほどわかった。彼女たちがなにについて、話しているのか。

思わず窓から教室の中を覗くと、ふたりの女子が机に向かい合って座っていた。顔と名前ぐらいは知っている。たしか三組の、矢崎《やざき》さんと三村《みむら》さん。ふたりのあいだには雑誌が広げられているけれど、今は見向きもせず、噂話に花を咲かせている。

――あたしの、噂話に。

「あー、それで今日の有賀くん、西条さんとぜんぜんしゃべってなかったってこと?」

「たぶんね。だってそりゃ気まずいじゃん。早野さん、西条さんのお友だちだし」

「え、でもそれなんか、早野さんすごくない? 友だちのこと好きだってわかってる相手に告白したってことだよね」

そう言った矢崎さんの声のトーンがふいに変わって、全身が硬直する。

「えー、どうだろ」と返した三村さんの声も、同じようなトーンに変わっていた。

「わかってなかったのかもよ。だってふつう、わかってたら言わないじゃん」

「いやわかんないわけなくない? あれだけあからさまだったのに、有賀くん。もしかしてワンチャンいけるとか思ったのかな」

「や、それこそありえないでしょ。相手、西条さんだよ? すごいね、無謀《むぼう》もいいとこっていうか」

「自信あってすごいよねえ。自分のレベルわかってないのかな」

あはは、と嘲るような笑い声が耳を打ったとき、あたしはようやく、自分が足を止めていることに気づいた。

無意識だった。聞きたくないと思ったはずなのに、足は凍ったように、その場で固まっていた。

はっと我に返ると同時に、日奈子の存在を思い出す。

「ご、ごめんっ」あわてて日奈子のほうを振り返りながら、あたしは引きつった声を押し出すと、

「い、いいから、行こ……」

だけど言いかけた声は、そこで詰まった。

日奈子が、いなかった。

え、と驚いて廊下のほうを見る。けれどそこにも彼女の姿はなく、次に教室の中を見たところで、あたしは目を見張った。

日奈子がいた。

ふたりのいる教室に入って、まっすぐに、ふたりのもとへ歩み寄っていた。

迷いのない足取りだった。歩きながら、日奈子が鞄に手を入れ、なにかを取り出す。

そこでようやく気づいたふたりが振り返り、日奈子を見た。

途端、さっとふたりの顔が強張る。しまった、という色が浮かぶ。

「あ……西条さ」

取り繕うような笑みを浮かべた矢崎さんが、なにか言いかけたのがわかった。

だけど日奈子のほうが早かった。振り向いたふたりへ向けて、日奈子がすっと片手を上げる。その手にペットボトルが握られていることに、あたしが気づいた瞬間、

「――きゃあっ!」

パシャッという水音とともに、甲高い悲鳴が上がった。

「は、なに!?」がたん、と音を立て、矢崎さんが弾かれたように椅子から立ち上がる。

その髪から、水滴がぼたぼたと落ちた。今しがた、日奈子がかけた水の。

「信じらんない、なにしてんの!?」

濡れた自分の髪に触れながら、矢崎さんは混乱したように声を上げる。その向かい側で、三村さんは愕然《がくぜん》とした表情で固まっていた。目を見開き、呆けたように日奈子を見上げる。そんな彼女の髪からも、水滴が滴《したた》った。

「――なにが悪いの」

「は!?」

「好きな人に好きって言って、なにが悪いの」

低く問いかけた日奈子の声は、不思議なほどはっきりと、あたしの耳にも響いた。

空になったペットボトルを顔の高さに掲げたまま、日奈子は目の前に立つ矢崎さんを睨《にら》む。その目元や頬が赤く、彼女が本気で怒っているのがわかった。

はじめて見る、表情だった。

「はあ?」向けられた矢崎さんのほうも、よりいっそう激高したように顔を歪め、声を上げる。

「なに言ってんの。それよりこれ、なんのつもり」

「なにが悪いのって訊いてんじゃん。ねえ、なにが悪いの」

「だからっ」

「なんにも悪くないでしょ。ただ頑張っただけじゃん」

矢崎さんの声に被せるよう、日奈子が投げつける。

頑張った、という彼女の言葉に、一瞬あたしが息を止めたとき、

「けっきょく、ひがんでるんでしょ。自分ができないから。自分がかわいくなくて、自信がなくて、好きな人に好きって言えないから。それができたつーちゃんがうらやましいんだよね。そりゃ、なんにも言えずに陰で見つめるだけで、そうやってちゃんと行動できた人の陰口叩いてる人なんて、くそださくて救いようないもんね。ちゃんと自分で自分の気持ちを伝えられたつーちゃんに比べたら、ゴミみたいだもんね」

息もつかず、日奈子はいっきにまくし立てた。目の前の矢崎さんの顔から、少しも目を逸らすことなく。

あたしはその場に突っ立ったまま、動けずにいた。

教室に入ろうとした足が、日奈子のその言葉で縫い留められてしまったみたいに。息もうまく吸えずに、ただ、日奈子の激高した横顔を眺めていた。

矢崎さんはつかの間、呆然とした顔で日奈子を見つめ返していたけれど、

「……は、なに」

やがて唇を震わせ、低い声を押し出した。怒りと、いくらかの羞恥も混ざったような、掠れた声を。

「なんなの、いきなり。なんであんたに、そんなこと言われなきゃ」

「ああ、あと」

そしてあいかわらず日奈子はそれを聞かず、被せるように投げつける。

ぎゅっと目を細めて唇を歪め、これ以上なく怒りのこもった声を震わせるように、

「つーちゃんは、かわいい」

「は……」

「どう見たってかわいいでしょ。少なくとも、あんたらみたいな顔も性格もくそださくて醜いやつらより数百倍かわいいから。どの面下げてつーちゃんのこと評価してんの。一回鏡見てくれば、ブス」

吐き捨てられた最後の言葉にあたしまでぎょっとしたとき、目を見開いた矢崎さんの頬が、かっと紅潮した。

あっと思った次の瞬間には、彼女の手が日奈子へ伸びていた。日奈子の制服の襟元を乱暴につかみ、ぐいっと引き寄せる。それに軽くよろける日奈子を見た途端、動けずにいたあたしの足は、弾かれたように駆け出していた。

矢崎さんがもう片方の手を大きく振り上げる。そうして日奈子へ向けて振り下ろされようとしたその手を、あたしは寸前で、どうにかつかんだ。無我夢中だった。

驚いたように振り向いた矢崎さんが、あたしを見る。

途端、少し顔を強張らせた矢崎さんに、

「あ……あの」

口を開くと、呼吸がひどく荒くなっているのに気づいた。肩を揺らしながら、それでも必死に矢崎さんの手をつかんだまま、あたしは声を押し出す。

「ぼ、暴力は、だめ」

あたしの顔を見た矢崎さんは、急に熱が引いたようだった。

なんとなくバツが悪そうに視線を落としたあとで、乱雑にあたしの手を振り払う。それから後ろを振り返り、三村さんに「行こ」と短く言った。

呆然と椅子に座ったままだった三村さんは、そこで我に返ったように立ち上がる。そうして矢崎さんとふたり、早足に教室を出ていった。


「……つーちゃん」

それを見送りながら、あたしが乱れた呼吸を整えようとしていたら、ふいに日奈子があたしを呼んだ。

振り向くと、彼女はさっき矢崎さんにつかまれた制服の襟元を直しながら、

「じゃ、帰ろっか」

何事もなかったかのように、いつもの顔で微笑んだ。


「人にブスとか、言っちゃ駄目だよ……」

夕陽に染まる帰り道を歩きながら、あたしはぼそりと呟く。

まださっきの出来事に対する動揺が残っていて、胸がかすかにざわついていた。

だけど隣の日奈子から返ってきた「なんで?」という声は、これ以上ないほどしらっとしていて、

「いやなんでって」

「だってブスだったじゃん、あの子」

「そんなことないでしょ」

「いやブスだったよ。ほんとブス。つーちゃんのほうが数百倍かわいいのに、なんでおまえが上から目線で評価してんのって感じ。ほんと謎、意味わかんない」

ぶつぶつと呟く日奈子の顔は本当に不快そうに歪んでいて、あたしは困りながらも、胸の奥にふっと温かなものが込み上げてくるのを感じてしまった。

日奈子が心の底から、そう言ってくれているのがわかったから。

「いや、もしそうだとしても、言っちゃ駄目。日奈子が言うと、なんか、さらに殺傷力上がるっていうか」

「えー、だってむかつくもん」

「気持ちはうれしいんだけどさ」

子どもみたいに唇をとがらせる日奈子に、あたしは苦笑しながら、

「もしこれで、日奈子がいじめられたりしたら大変じゃん」

「え、べつにいいよ、そんなの」

あたしはけっこう本気で心配して言ったのに、日奈子はなんだかきょとんとした顔をして、あたしを見た。

それにあたしが、え、と返すと、

「あの人たちに嫌われようがいじめられようが。べつになんとも思ってない人たちだし、どうでもいい人たちに嫌われようがどうでもいい。つーちゃんがいてくれるなら、私はそれでいいよ。つーちゃんだけで、いい」

言い切った日奈子の声にはあまりに迷いがなくて、一瞬、息が詰まった。

――ああ。

それからなんだか途方に暮れたような気持ちになって、あたしは目を伏せる。まぶたの裏が、ぼんやりと温かかった。

さっき、矢崎さんへも迷いなく言い切ってくれた、彼女の言葉を思い出す。

つーちゃんはかわいい。

日奈子はずっと、そう言い続けてきてくれた。あたしがどんなにいじけて、卑屈になろうと。

今更、その途方もなさを実感して、泣きたくなる。

どうしようもないんだ、と思う。日奈子がかわいいことも、その隣にいてみじめな気持ちになったりすることも、恋が叶わないことも。

それでもずっと、どうしようもなく、あたしは日奈子が好きで。けっきょくその気持ちだけは、どうしたって変わってくれないから。

「……日奈子さ」

「うん？」

「今日つけてるカチューシャ、かわいいね」

「え？　ありがとう」

唐突な言葉に、日奈子はちょっと目をまたたかせてから、

「これね、もういっこ色違いで茶色も持ってるんだよ。かわいくてふたつ買っちゃったの。つーちゃんにひとつあげよっか」

「ほんとに?」

欲しい、とあたしが返すと、日奈子は一瞬びっくりしたように目を丸くした。

「……え、あ」そうして息を止めたようにあたしを見つめたあとで、ぱっと顔を輝かせ、

「じゃ、じゃあ明日持ってくるね！　あっいや、やっぱりこのあと一回家帰って、つーちゃんの家まで持っていくね！」

「え、いいよ明日で」

「いや持っていく！　早くつけてほしいから！　私ね、ほんとはつーちゃんに似合いそうだと思って買ってたんだ！」

頬を紅潮させ、心底うれしそうに声を上げる日奈子の笑顔を見ながら、ああやっぱり、とあたしは思う。かわいいってすごいな、なんて。どこかあきらめたような気持ちが込み上げてくるのを感じながら。

日奈子がそんなふうに笑ってくれることがいちばんうれしいと、けっきょくあたしは心の底から、そう思わされてしまうから。

4

灯と西条日奈子

今も、ハサミが怖い。

あの日、動けないように両腕をつかまれながら眼前に迫った刃の鋭さと、耳元で大きく響いたシャキッという音が、今でも、記憶にこびりついて消えないから。


小学六年生の冬だった。

「日奈子ちゃんの髪ってさあ、なんでそんなに変な色なの？」

目の前に立った桃花《ももか》ちゃんが、私の頭を指さして、ぎゅっと目をすがめる。心底嫌そうに、なにかものすごく、汚いものを見るかのように。

少し前から、桃花ちゃんは私を見るたび、そんな顔をするようになった。

きっかけはわかっている。同じクラスの小菅《こすが》くんという男の子が、私のことをかわいいと言ったから。

直接言われたわけではなく、クラスメイト伝いで聞いた。「小菅くんが日奈子ちゃんのことかわいいとか言ってたよ。日奈子ちゃんどうするの？」なんて。面白がるようにニヤニヤ笑いながら、何人かの女の子に訊かれた。そんなことを訊かれてもどうすればいいのかなんてわからなくて、私はただ曖昧に、困った笑顔を浮かべるぐらいしかできなかったけれど。

それと同時期に、桃花ちゃんの私に対する風当たりが強くなった。

もともと桃花ちゃんとは仲が良くも悪くもない、朝顔を合わせたら挨拶をするぐらいの間柄だった。けれどその頃から、あからさまに無視されたり、すれ違いざまに睨まれたりするようになった。離れた場所から私のほうを見ながら、友だちとなにかこそこそ話している姿も見かけるようになった。

桃花ちゃんは小菅くんのことが好きなのだと、少しして風の便りで聞いた。小菅くんが私のことをかわいいと言ったせいで、桃花ちゃんが泣いていた、という話も。

桃花ちゃんは明るくて勉強も運動もよくできて、クラスの人気者だった。友だちも、私よりずっと多かった。

クラスの女の子たちは、みんな桃花ちゃんに同情していた。ずっと小菅くんのことが好きだったのに、日奈子ちゃんにとられてかわいそう、って。

桃花ちゃんが私のことを嫌いはじめてから、潮が引くように、私の周りからは人がいなくなっていった。それまで仲良くしていたクラスメイトも、私が話しかけると迷惑そうな顔をするようになった。桃花ちゃんの視線を気にするように、私を避けるようになった。

「小菅くんと仲良くするの、やめたほうがいいんじゃない」と、桃花ちゃんの友だちから、忠告するように言われたこともある。

だけどやめるもなにも、それまで私は小菅くんとほとんどしゃべったことなんてなかった。「おはよう」や「ばいばい」の挨拶をたまに、本当にたまに交わしたことがあるぐらいで。

だからどうすればいいのかわからなくて、せめてこれ以上状況が悪化しないように、今後も小菅くんとは極力しゃべらないようにしよう、とだけは心に決めた矢先。

「西条さんの髪って、きれいだよな」

突然、小菅くんから、そんなふうに話しかけられた。しかも休み時間の、クラスメイトが大勢いる教室の中で。

「色もきれいだし、すげえ長くてサラサラで」

身体の芯が、いっきに冷えた。

ちょっと緊張したような笑顔で、小菅くんはまだなにか言葉を続けていたけれど、ほとんど私の耳には入らなかった。なにか返す余裕もなく、ただ咄嗟に、教室を見渡していた。

桃花ちゃんの冷たい目は、すぐに見つけた。自分の席で頬杖をついて、彼女はまっすぐに、刺すような視線をこちらへ向けていた。


その日の放課後だった。

帰ろうとしたところを桃花ちゃんに呼び止められ、「話があるからちょっと来て」と連れ出された。桃花ちゃんの友だちふたりも、いっしょについてきた。そうして三人に取り囲まれるようにして向かった、三階の空き教室で、

「日奈子ちゃんの髪ってさあ、なんでそんなに変な色なの?」

桃花ちゃんは嫌悪をむき出しにした表情で、私へ向かって、その言葉を投げた。

私の髪は生まれつき茶色い。それも金色に近いぐらいの、明るい茶色。クラスメイトたちと異なるその色は、フランス人であるおじいちゃんの影響らしい。

だけど桃花ちゃんが、そういうことを訊いているわけではないのはわかっていた。

喉がふさがっているみたいに、ぜんぜん声が出せなかった。

私はただ呆然と、桃花ちゃんの手に握られているハサミを見ていた。彼女がなにをしようとしているのか、瞬時に理解できてしまって。

「目障りなんだよね。長すぎて暑苦しいし。ほんっと、日奈子ちゃんって」

咄嗟に逃げ出そうとした私の腕を、桃花ちゃんの友だちふたりがつかんだ。桃花ちゃんはハサミの刃を開いたり閉じたりしながら、動けない私のほうへ歩み寄ってくる。

「すっごい目障り。消えてほしい」

低く吐き捨てると同時に、彼女はハサミを握った手を顔の高さに持ち上げる。

その刃がまっすぐにこちらへ向けられるのを、私はなすすべなく見つめていた。


「日奈子の髪はほんとにきれいね」

と、お母さんはよく言っていた。うれしそうに、私の髪をクシでときながら。

「きれいだからヘアアレンジが楽しい」って、朝どんなに忙しくても私の髪を結んでくれた。三つ編みにしたりハーフアップにしたり、毎朝、本当に楽しそうに。

それがうれしくて、私も自分の髪が好きだった。お母さんが楽しそうに結んでくれる、長い髪が好きだった。物心がついた頃から今までずっと、背中までの長さを保っていた。私にとってはずっと、それが当たり前だった。それしか知らなかった。だから。

……どうしよう。

肩上で無造作に切られた髪の毛先に触れながら、私は途方に暮れていた。

帰り道の途中にある児童公園で、うずくまるように座り込んで。うつむくと、暗い地面に涙がぼたぼた落ちた。

どうしよう、とその言葉ばかりが頭を回る。

どうしよう。お母さんになんて言おう。お母さん、私の長い髪が好きだったのに。この髪を見たら、どう思うだろう。

頭の中は真っ暗で、それ以外のことは考えられなかった。

夕陽の落ちた公園に、ひとけはなかった。早く帰らないと心配させてしまう。わかっているのに、動けなかった。どうすればいいのかわからなかった。立ち上がることすらできず、ただその場に座り込んで、嗚咽も堪えず泣いていたとき。

「──日奈子ちゃん？」

女の子の、声がした。

「どう、したの？　大丈夫？」

聞き覚えのあるその声に顔を上げると、心配そうにこちらをのぞき込む丸い瞳と目が合った。

クラスメイトだ、とすぐに気づいた。挨拶や軽い雑談ぐらいならしたことがあるけれど、仲よしというほどではない女の子。

「……月歩、ちゃん」

ぼんやり見つめ返しながらその子の名前を呟くと、月歩ちゃんははっとしたように目を見開いた。

それ、と私の髪を指さして声をこぼす。

「その髪、どうし……」

訊ねかけて、彼女は途中で思い直したように言葉を切った。その一瞬で、なにかを察したみたいに。

代わりに、おもむろに私の隣に座る。そうして私の背中に手を当てると、ゆっくり何度か撫でてくれた。

その手が温かくて優しくて、また勢いよく涙があふれてくる。堪えるなんて無理だった。肩を揺らし、しゃくりあげながら、私はそのまま長いこと泣いた。

月歩ちゃんはなにも言わず、ただそんな私の隣にいてくれた。震える私の背中を、ずっと撫でていてくれた。


どれぐらい時間が経ったのかは、よくわからなかった。

遠くから『夕焼け小焼け』のメロディーが流れてきて、私はふっと顔を上げる。

夕焼けのだいだい色も消えかかった公園は、いつの間にかだいぶ薄暗くなっていた。

それに気づいて、私ははっと横を見る。そうしてそこにいる彼女に、「月歩ちゃん」と呼びかけようとしたところで、

「……え」

驚いて、目を丸くした。間の抜けた声が落ちる。

月歩ちゃんが、泣いていたから。

右手はあいかわらず私の背中を撫でながら、その大きな目を真っ赤にして。ぽろぽろと、彼女は頬に涙を落としていた。

……なんで。

わけがわからなくて、私はぽかんとする。

なんで月歩ちゃんが泣いているのだろう。私を慰めてくれていた月歩ちゃんが。

「……へ？」

混乱しながら私がじっと彼女の顔を見つめていると、月歩ちゃんも私の目を見つめ返しながら、何度かまばたきをした。拍子にまたその目から涙が落ちて、彼女ははっとしたように自分の頬に手をやる。

濡れたそこに触れてはじめて、月歩ちゃんは自分が泣いていることに気づいたみたいだった。

わあっ、となんだか間の抜けた声を上げ、ごしごしと目元を拭う。

「ご、ごめんね！　なんでもないっ」

ちょっと恥ずかしそうに私から顔を背けながら、月歩ちゃんはふいに立ち上がる。

「え、えっと」そうしてスカートの裾を軽く払うと、気を取り直したような笑顔でこちらを振り返って、

「ね、日奈子ちゃん。今からあたしの家に行こ？」

「へ」

「すぐ近くなの。あのね、あたしのお母さんね」

そこで月歩ちゃんは、ちょっと自慢げに目を細めて、

「美容師なの」

と言った。

月歩ちゃんに手を引かれるようにして五分ほど歩いた先、小さな美容室の前で月歩ちゃんは足を止めた。

おしゃれなそのお店のドアを、月歩ちゃんはためらうことなく開ける。

中には紺色のエプロンをつけた女の人がひとりいた。床にモップをかけていたその人は、開いたドアに気づいてこちらを振り向くと、

「あら月歩。おかえり」

「ただいま。ね、お母さん、あのね」

笑顔で返しながら、月歩ちゃんは気おくれして入り口に立ちつくしていた私の手を握る。そうしてぐっと自分の隣に引き寄せながら、

「この子の髪、きれいにそろえてあげてほしいんだけど」

月歩ちゃんのお母さんは、私を見ると一瞬だけ驚いたように目を見張った。だけど月歩ちゃんと同じで、なにも訊かなかった。ただ、「いいよ」とすぐに笑顔になって頷いて、

「こちらにどうぞ」

と鏡の前の椅子をくるりと回しながら、手招きをした。

ほんの十五分ほどで、私の頭は無残なざんぎり状態から、顎あたりできれいに切りそろえられたショートボブになった。

「うわ、かわいい!」

出来上がった髪型を見て、月歩ちゃんは開口一番に黄色い声を上げてくれた。

「めっちゃ似合ってる! さすが、かわいい子はどんな髪型も似合うねえ」

その隣で月歩ちゃんのお母さんも、うんうん、と満足そうに頷いて、

「我ながら上出来だわ」

「やるじゃん、お母さん」

「そりゃプロですから」

ふたりの会話を聞きながら、私は鏡に映る自分の姿をじっと見つめた。

少し前下がりの、丸みを帯びたボブ。たしかに髪型自体はおしゃれだし、すごくかわいい。——だけど。

私はゆるゆると手を持ち上げ、髪の毛先に触れてみる。むき出しの首筋が寒々しくて、短い、と時間差でその事実が染み入ってくる。

こんな短さにしたのは、生まれてはじめてだった。

笑わなきゃ、と頭ではわかっていた。ここまで連れてきてくれた月歩ちゃんにも、素敵な髪型にしてくれた月歩ちゃんのお母さんにも。笑って、お礼を言わなきゃ。すごくかわいい、気に入った、って。

わかっているのに、どうしても強張った表情はほぐれない。目の奥が熱くて、気を抜くとまた涙があ

ふれそうで、

「あ……か、かわいい、です」

堪えながらどうにか押し出した声は、少し震えてしまった。

「ありがとう、ございます」

鏡越しに見える月歩ちゃんたちの表情が、ふっと曇るのがわかった。

当たり前だ。だってぜんぜん、私はうれしそうな顔ができていない。

かわいいのは本当なんだ。うれしいのも、感謝しているのも。

ただどうしても、まだ、受け入れられないだけ。長い髪がなくなった、私の姿が。

そんな自分に途方に暮れて、思わずうつむいてしまったとき、

「――日奈子ちゃん、ちょっと待ってて！」

「え」

突然、月歩ちゃんが声を上げたかと思うと、訊き返す間もなく、お店の奥へ駆けていった。ばたばたとせわしない足音が響く。そうしてすぐに戻ってきた月歩ちゃんの手には、なにかが握られていた。

「ね、日奈子ちゃん、これ」軽く息を切らしながら、彼女はそれを掲げてみせる。

「かわいいでしょ」

にっこりと笑って月歩ちゃんが見せてきたのは、カチューシャだった。幅広で、大きめのリボンがトップについた、ネイビーのカチューシャ。甘いけれど大人っぽくもあるそのデザインは、たしかにとてもかわいくて、

「かわいい……」

「でしょ!?」

思わず声を漏らしていた私に、月歩ちゃんがぱっと顔を輝かせる。そうしてにこにこと笑いながら、

「ね、日奈子ちゃんこれ、つけてみて。今の髪型にぜったい似合うと思う!」

言われるがまま、私は月歩ちゃんに渡されたそのカチューシャを頭にはめてみた。

「わあ!」途端、月歩ちゃんは大げさなぐらい弾んだ声を上げ、

「やっぱり超似合うー! ほら、見て見て!」

促され、私は鏡のほうへ目をやった。そこで思わず、わ、と私の唇からも声が漏れる。

かわいい、と素直に思った。

今までの長い髪に比べ、どうしてもどこか寂しいと感じていたショートボブの髪が、途端にぱっと華やいで見えた。まるではじめから、このカチューシャがのることを想定していた髪型みたいに。

鏡に映る自分の姿を、まじまじと眺める。何度か頭を動かし、違う角度からも眺めてみる。

——やっぱり、かわいい。

そう思えたことで、深く重く沈んでいた心が、急にふわっと浮き上がってくるのを感じた。

「そのカチューシャ、日奈子ちゃんにあげるよ」

つい夢中になって鏡を見つめていた私に、月歩ちゃんが明るい声でさらりと言う。

え、と私は驚いて彼女のほうを振り返ると、

「い、いいよ! それは悪いよ!」

「いいの、あたしがあげたいの。ほんとにめちゃくちゃ似合ってるもん。ね、代わりに日奈子ちゃん、明日、学校にそれつけてきてよ」

明日。学校。

月歩ちゃんはどこまでも明るい笑顔で、あっけらかんとその単語を口にした。

それに思わず、私はぽかんと月歩ちゃんの顔を見つめてしまう。

さっき、公園でうずくまって泣いていたときは、もう、学校なんて一生行けないんじゃないかと思っていた。

明日また学校へ行って桃花ちゃんたちに会うなんて、恐ろしすぎて、どうしても考えられなかった。想像するだけで身体が震えるぐらいに。行っても、きっと校門の前で足がすくんで、動けなくなってしまうと思った。

だけど。

「……う、ん。そうする」

「やった、約束だよ!」

——今は、行ける気がした。

教室には月歩ちゃんがいるって、そう思っただけで。

不思議なぐらい、もう、なにも怖くなかった。

その後、月歩ちゃんは私を家まで送ってくれた。もうだいぶ時間も遅かったし、全力で遠慮したのだけれど、「日奈子ちゃんのお母さんに挨拶がしたいから」と言って月歩ちゃんは譲らなかった。

帰宅した私を見たお母さんは、さすがにびっくりした顔をしていた。「どうしたのその髪」と、開口一番ちょっとショックのにじむ声で訊ねてきた。

そんなお母さんに、私がなにか返すより先に、

「うちの美容室でカットモデルをやってもらったんです。日奈子ちゃんかわいいから、どうしてもお願いしたくて。あたしが突然無理言っちゃったんです。ごめんなさい」

明朗なトーンでそう言って月歩ちゃんがさっと頭を下げたので、私は面食らった。

最初は複雑そうな顔をしていたお母さんも、月歩ちゃんの説明を受けて、やがて表情をほぐした。月歩ちゃんのお母さんが切ってくれた髪型と、月歩ちゃんのくれたカチューシャが、本当に素敵だったのもあると思う。「びっくりしちゃったけど、ショートもかわいいわね」と、最終的には朗らかに微笑んでいた。

さらに翌朝。月歩ちゃんは、私を家まで迎えにきてくれた。

それだけでもびっくりしたのだけれど、それ以上に私を驚かせたのは、彼女の髪型だった。

昨日まで、肩下までのセミロングだった月歩ちゃんの髪。それが今日は、顎あたりで切りそろえられたショートボブになっていた。少し前下がりで丸みを帯びた、私とよく似た髪型に。

「おそろいにしちゃったー」

驚きすぎて固まってしまった私に、月歩ちゃんはそう言って照れたように笑った。

彼女の頭の上には、カチューシャもあった。今私がしているものと同じ形の。

驚きのあとは、身体の底からぶわっと熱いものが込み上げてきた。つかの間、息ができなくなって、泣きそうになった。彼女がなぜこんなことをしたのか、手に取るようにわかったから。


月歩ちゃんと連れ立って教室に入ると、一瞬、中にいたクラスメイトたちからの視線が集まった。桃花ちゃんもいた。驚いたように目を見開き、彼女は私と月歩ちゃんの姿を何度も見比べていた。

月歩ちゃんは自分の席に鞄を置くと、またすぐに私のもとへやってきた。そうして私の席の横に立ち、他愛ない雑談を始めた。昨日観たテレビの話とか、前に雑貨屋さんで見つけたかわいいヘアアクセの話とか。

桃花ちゃんが、そんな私たちの様子をじっと見ているのは気づいていた。けれどかまわずしゃべっていたら、やがて彼女が耐えかねたように立ち上がるのが、視界の端に見えた。

「——ねえ月歩ちゃん」

まっすぐにこちらへ歩いてきた桃花ちゃんが、私たちの前に立つ。けれど私のほうはちらりとも見なかった。まっすぐに月歩ちゃんだけを見つめながら、彼女は強い語調で口を開くと、

「月歩ちゃんもこっち来て、あたしたちといっしょにしゃべろ？」

桃花ちゃんの顔は笑っていたけれど、その声に友好的な響きはなかった。どちらかというと脅しに近い、相手が断ることなど決して許してはいないトーンだった。横で聞いていた私まで、一瞬身体がすくんでしまったほどの。

だけど月歩ちゃんに、まったくひるんだ様子はなかった。

「え？　やだ」

軽く首を傾げながら、桃花ちゃんのほうを振り向いた彼女は、

「今あたし、日奈子ちゃんとしゃべってるから。ごめんね」

はっきりとした口調でそれだけ告げて、また私のほうを向き直った。それきり、桃花ちゃんには一べつもくれずに。

桃花ちゃんはしばし愕然とした表情で固まっていた。なにを言われたのか、よくわからなかったみたいに。

そんな桃花ちゃんの顔がなんだかおかしくて、私はちょっとだけ、笑いそうになってしまった。教室で笑いたくなるのなんて、ずいぶん久しぶりのことだった。


その日から、月歩ちゃんは私といっしょにいてくれるようになった。

最初は月歩ちゃんがもともといたグループに私を入れようとしてくれたみたいだったけれど、他のメンバーから難色を示されたのだろう。月歩ちゃんはそのグループを抜け、私とふたりでいてくれるようになった。登下校も休み時間も、それからはずっと月歩ちゃんといっしょだった。

当然、桃花ちゃんは面白くなかったらしい。何度か月歩ちゃんを自分たちのグループに引き入れようとしていたけれど、月歩ちゃんがいっこうに頷かなかったので、しだいに彼女は月歩ちゃんを敵視しはじめた。私にしたように、月歩ちゃんを無視したり、聞こえよがしに悪口を言ったりするようになった。

それが始まっても、月歩ちゃんは、私といっしょにいてくれた。

桃花ちゃんたちの嫌がらせなんて気にした様子もなく、毎日私と同じカチューシャをつけて、私の隣で、明るく笑っていてくれた。


「月歩ちゃん、いいの？」

「へ、なにが？」

「その、私といっしょにいて……そのせいで、月歩ちゃんまで」

少し経った頃、私は心配になって月歩ちゃんに訊いたことがある。

いつものように、ふたりで帰っていた通学路の途中で。

その日も月歩ちゃんは、体育の授業中に桃花ちゃんからわざとボールをぶつけられたりしていて、

「桃花ちゃんたちから、嫌なことされてるよね。今日だって……月歩ちゃん、私といっしょにいると、つらいんじゃ」

「え、ぜんぜんだよ」

胸の前で両手をぎゅっと握りしめ、もごもご押し出していた私の言葉を、月歩ちゃんが明るくさえぎる。

本当になんの湿りもない、どこまでもからっとした声で。

「だってあたし、うれしいんだもん」

「え？」

「日奈子ちゃんと仲良くなれて。あたしね、実はずうっと、日奈子ちゃんと仲良くなりたいって思ってたんだあ」

え、とふたたび声をこぼしながら月歩ちゃんの顔を見ると、彼女はちょっと照れたように笑って、

「六年生ではじめて同じクラスになってから。日奈子ちゃんかわいいし目立つし、ひそかに憧れてたっていうか。髪もね、日奈子ちゃんの長い髪がきれいだなって思ったから、真似して伸ばしてたの」

「……そう、なの？」

「そうなの。だから日奈子ちゃんがショートになったら、あたしも真似してショートにしちゃったの」

へへ、とはにかんで月歩ちゃんは指先で頬を掻く。その頬は夕陽の下でもかすかに赤いのがわかって、
私は心臓をぎゅうっと握りしめられたような感覚がした。息が詰まって、目の奥が熱くなる。

「だからね」咄嗟になにも返せずにいた私に、月歩ちゃんは朗らかな笑顔のまま、

「よかったら日奈子ちゃん、これからも、あたしと友だちでいてね」

そう言って、ぎゅっと私の手を握った。

――ああ。

その手はまるで暖かくやわらかなひだまりみたいで、強く握り返しながら、私ははじめて思った。

この手を離したくない、って。

泣きたくなるほど痛烈に。

これだけでいい。他の誰にどれだけ嫌われても、そんなのはもうどうでもいい。だって好きでもない、どうでもいい人たちだから。ただ、この子だけ。この子だけ、傍にいてくれるなら。

——私はもう、それだけでいい。

中学校に上がると桃花ちゃんたちともクラスが離れ、ほとんど関わりはなくなった。新たな人間関係を構築していく中で、小学校時代のクラスメイトにいつまでもこだわっていられるほど、桃花ちゃんも暇ではなかったのだろう。気づけば、自然と嫌がらせは消えた。

月歩ちゃんともクラスは離れてしまったけれど、こちらの関係は変わることなく続いた。あいかわらず登下校は毎日いっしょだったし、休日もよくいっしょに遊んだ。おそろいの髪型も続けていた。変わったことといえば、お互いの呼び名が『つーちゃん』と『日奈子』になったことぐらいで。

なにも変わらなかった。変えたくなかったから。私は、これからもずっと。

「ね、日奈子は」

「うん?」

「好きな人とか、いたりする?」

昼休み、いつものように私がつーちゃんの席に遊びにきていたとき。ふいにつーちゃんが、声を落としてそんなことを訊いてきて、

「……え、つーちゃんいるの?」

答えるより先に、私は思わず訊き返していた。

「ああ、いや」つーちゃんは、ちょっとあわてたように顔の前で手を振りながら、

「そういうわけじゃなくて。ただ、このまえ、バド部の仲いい子が彼氏できたって言ってたから。日奈子はどうなんだろって、ちょっと気になっただけ」

「私はいないよ」

返した声は、やけに強い調子になってしまった。

だけどつーちゃんはとくになにも思わなかったようで、「そっか」と穏やかに相槌《あいづち》を打って、

「でも日奈子かわいいし、モテるだろうなあ。なんか、そのうちすぐ彼氏できてそう」

「できないよ。作る気ないし、彼氏なんて」

できるだけはっきりとした口調で言い切ってみると、つーちゃんはそれ以上なにも言わなかった。

「そっか」とだけ相槌を打って、そこでその話題を終わらせた。

だけどそうして別の話題に移ったあとも、私の胸は気持ち悪くざわついたまま、収まらなかった。

一瞬だけ見せた、彼女のはにかむような表情が、まぶたの裏に焼きついていて。


観察を始めると、すぐにわかった。わかってしまった。

もしかしたらつーちゃん自身は、まだ気づいていなかったのかもしれないけれど。

私と話しているときでもその人の声が聞こえると、つーちゃんはいつも、ちらっとそちらへ視線を向けた。会話の中でも、ちょこちょこその人の名前が出てきた。訊けば彼とは席が隣でよく話すのだという。もう確信するしかなかった。

どうやらつーちゃんは今、藤田くんという男子が気になっているらしい。

だけど気づいたからといって、そのときはまだ、どうこうしようとかは思っていなかった。ただなんか少し、嫌だな、と思ったぐらいで。

とりあえずつーちゃん好みの男子がどういう人なのか気になった私は、彼の観察を始めてみた。それとなくつーちゃんのことをどう思っているのか探りたくて、ひとりでいるところを狙って話しかけてみたりもした。

それ以外のことなんて、なにも考えていなかった。

そのときまでは、本当に。


「西条さんが、好きです」

突然、藤田くんからそう言われたのは、彼の観察を始めて一カ月ほどが経った頃だった。

わけがわからなくて、ただただびっくりした。

だって私と藤田くんの関わりなんて、ほぼないに等しい。たしかに最近は私が一方的に彼を観察していたり、ときどき話しかけたりなんかはしていたけれど、まともな会話なんてしたことはない。ましてや好きになられるようなことなんて。

だから私のなにを好きになったのかと、純粋に不思議に思って訊いてみれば、

「かわいいなって、前から思ってて……それにほら、最近、よく話しかけてくれるようになったし。うれしくて」

照れくさそうに視線を落として、藤田くんはぼそぼそと答えた。

ひどく薄っぺらい答えだと思ったけれど、それはそうか、とすぐに納得もした。

内面を知るような機会なんてなかったのだから。好きになるとしたら、外見以外にないのは当たり前だ。

……なんだ。

ふっと脱力して目を伏せると、まぶたの裏につーちゃんの顔が浮かんだ。教室で藤田くんを熱心に見つめていた、彼女の横顔が。

バカだなあ、と心の底から思う。

あんなにかわいくて優しい素敵な女の子が、あなたのことを見ていたのに。気づかず、私みたいなのに告白しちゃうなんてバカだ。本当にバカだ。

そんなバカに、やっぱりつーちゃんはもったいない。

つーちゃんは私の、たったひとつのひだまりなんだ。あの日、壊れそうだった世界をつなぎとめてくれた、なによりも大切な。

そうだ、と、私は急に目が覚めたように思う。やっぱり駄目だ。

耐えられない。こんなの、許しちゃいけない。

――こんなやつに、私のつーちゃんが奪われるなんて。

「……いいよ」

「え」

だから私は視線を上げると、まっすぐに藤田くんの顔を見た。にこりと微笑む。

「私、あなたと付き合うね」

藤田くんと付き合いはじめたことをつーちゃんに報告すると、つーちゃんは一瞬だけ顔を強張らせたあとで、すぐに押し出したような笑顔を見せた。そうして、「おめでとう」と健気《けなげ》に祝福してくれた。

そのときはなんでもないことのように笑っていたけれど、翌日、つーちゃんは髪を切っていた。去年の冬、私に合わせてショートボブにしてからは、ずっと伸ばしていた髪を。またあのときみたいな、顎あたりまでのショートボブに戻した。

そしてその日から、つーちゃんはカチューシャもつけなくなった。ずっと続いていた私たちの『おそろい』は、そこで終わった。悲しかったけれど、仕方ないと思った。彼女がそうした理由なら、よくわかっていたから。


交際を始めるにあたって、私は藤田くんにひとつだけ条件を出した。

私は友だちともこれまで通り付き合いたいから、あなたを最優先はできない、ということを。

藤田くんは頷いた。だから私は彼と付き合いはじめてからも、変わらずつーちゃんといっしょに登校した。昼休みや休日も、つーちゃんと過ごした。

「あたしのことは気にせず、もっと藤田くんと過ごしていいんだよ」と、つーちゃんはしきりに言ってくれたけれど、彼女との時間を減らすなんて、私には考えられなかった。

藤田くんもそれで、最初の頃はなにも言わなかった。条件をのんだ以上、言えなかったのだろうけれど。

だけどしばらくすると、彼はしだいに不満を口にするようになった。

「もうよくない？　早野とはいつでも会ってるじゃん」

眉をひそめて彼が言ったのは、今度の週末会えないかという彼の誘いを、つーちゃんとの先約を理由に断ったときで。

なにが『もういい』のか、私にはさっぱりわからなくて、

「よくないよ。先につーちゃんと約束してたんだから」

「先週も早野と遊んでたじゃん」

「土曜は藤田くんと会ったでしょ」

あまりにつーちゃんが『藤田くんとももっといっしょに過ごしなよ』と言ってくるので、最近は仕方なく彼との時間も少しは作るよう努めていた。週に二日ぐらいはいっしょに登校したり、土日のうちどちらか一日はいっしょに遊んだり。私なりに精いっぱい譲歩していたつもりだったけれど、それでも藤田くんは不満だったらしい。

「あのさ、俺の友だちで、誰か彼女ほしいって言ってるやつがいて」

急に変わった話題を、まるで一続きの流れみたいに藤田くんが言うので、私は怪訝に思って彼の顔を見る。

「それがなに？」

「早野、どうかなって」

「……は？」

「誰でもいいって言ってるからさ。もしそいつと早野が付き合ってくれれば、もっと俺らも」

意味を理解した瞬間に、私の右手は動いていた。

そこに握っていたコップの水を、彼の顔にかける。パシャッという水音と、「うわっ！」という素っ頓狂な声が重なった。

「別れよ」

髪から水を滴らせながら、愕然とした表情でこちらを見た藤田くんに、私は言った。

「今この瞬間、あなたのこと大嫌いになった。もう付き合い続けるの無理だから、これで終わりね」

は、と掠れた声を漏らした彼が、なにか言いかけたのがわかった。だけど聞かなかった。もう一秒たりとも彼の顔を見ているのが耐えられなくて、私はきびすを返した。


私と藤田くんが別れたからといって、つーちゃんの気持ちが藤田くんに戻ることはなかった。それでほっとしていたのもつかの間、すぐに、戻らなかった理由が、彼女が次の恋をしているからだと気づいた。

今度は瀬川くんという、つーちゃんと同じバドミントン部の男子だった。

私は『つーちゃんの応援をしたい』という名目で、バドミントン部の練習を見にいくようになった。

そこでつーちゃんの応援をしつつ、さり気なく瀬川くんのほうへ視線を送った。そうして彼がときどきこちらを見たときに、にこりと笑いかけてみたりした。

それは、面白いほどうまくいった。

日が経つにつれ、瀬川くんと目が合う頻度が増え、やがて向こうからも笑いかけたり手を振ってくれたりするようになった。そのうち、彼のほうからこちらへ近づいてきて話しかけられるようになって、それから一カ月も経たずに告白された。藤田くんのときと同じく、ろくな会話なんてなにもしていないうちに。

——ああ、よかった。

瀬川くんの申し出に頷いて、「これからよろしくね」なんて言って笑顔で彼の手を取りながら、私は思う。

この手を私がつかめてよかった。つかんでおけてよかった。

この手が、つーちゃんに触れることがなくて、よかった。

付き合いはじめるにあたって、今回も藤田くんのときと同様の条件を出した。

瀬川くんもふたつ返事で了承したけれど、やっぱり時間が経つと、藤田くんのように不満を表に出すようになった。

「そんな早野とばっかいっしょにいて、よく飽きないよね」

つーちゃんと約束してるから、と言って、いっしょに帰ろうと誘いにきた彼を断ったとき。ふいに瀬

川くんが嫌味っぽい口調でそんなことを言ってきて、

「飽きないよ。飽きるわけないじゃん」

なに言ってるんだろこの人、と思いながら、私は笑顔を作って返す。

「つーちゃんは最高だから」

「早野のどこがそんなにいいの」

「ぜんぶ。悪いところなんてないでしょ。めちゃくちゃかわいいし、優しいし」

力を込めて返した私の言葉に、「かわいい？」と瀬川くんはふと唇を歪めるように笑って、

「そんなかわいいか？　早野って」

——あ、駄目だ。

その見下すような表情と声に、私はいっきに心が氷点下まで冷め切るのを感じた。そして次の瞬間には、もう彼の顔を見ることすら耐え難くなった。

だから言った。

「別れよ」

「は……」

「もう金輪際、あなたの顔見たくなくなった。ばいばい」

つーちゃんが思いのほか惚れっぽいらしいことを、私は少しして知った。

私が瀬川くんと別れても、つーちゃんは瀬川くんにも気持ちを戻すことはなかった。さっさと、また次の気になる人を見つけていた。

男子のタイプに、これといった統一性はなかった。ただつーちゃんの隣の席だったり、同じ部活だったり同じ委員会だったり、たぶんつーちゃんといっしょに過ごす時間が長い、というだけで。

共通点といえば、みんな、どうしようもなくバカだったことぐらい。

さり気なく視線を送って、目が合ったら感じ良く微笑みかけて。そんな単純なやり方で、みんなころっと騙《だま》された。私のことを好きだと言った。あんな、奇跡みたいにかわいい女の子の視線が、自分に向いていることにも気づかずに。

「また早野？　いいじゃん、たまには早野にはひとりで食べさせようよ」

「早野さんだって子どもじゃないんだし、そんな西条さんがべったりいっしょにいなくていいんじゃないの」

「早野のどこがそんなにいいのか、マジでわかんねえ」

そして彼らは決まって、交際を始めてしばらく経った頃、つーちゃんへの不満を口にした。

最初は舞い上がっていた気持ちも冷静になり、私の気持ちが自分へ向いていないことに、じわじわ気づきはじめる頃なのだろう。そしてそれがつーちゃんのせいなのだと考えるのも、なぜかみんな同じらしい。

それまではどんなにデリカシーのない発言をされようと聞き流せていたのに、毎回、それだけは駄目だった。言われた途端に顔を見るのも吐き気がするほど嫌になって、その場で付き合いを終わらせた。

「日奈子……彼氏と、また別れたの?」

「うん。嫌いになったの」

ちょっと困ったような顔で訊いてくるつーちゃんに、私はできるだけさっぱりとした口調で返す。なんの未練もないことを強調するように。

このやり取りも、もう何度目になるかわからない。

つーちゃんに気になる人ができるたびこんなことを繰り返してきた私と、つーちゃんは今も、友だちでいてくれる。彼氏ができたと報告するたび、押し出したようなぎこちない笑顔で、それでも迷いなく、「おめでとう」と言ってくれる。「応援するね」と笑ってくれる。

――本当に、優しくてかわいい。私の、つーちゃん。

大好きだった。どうしようもないぐらい。

誰にも渡したくなかった。渡さないと決めた。とくにあんなバカな男たちに、彼女を奪われて傷つけられるなんて、想像するだけで吐き気がするから。奪われる前に私が奪うのだと、そう決めた。

つーちゃんのいちばん近くにいるのは、これからもずっと、私であってほしかった。

私の人生で、なによりもキラキラと輝く、宝石みたいな彼女だけは。

これからも今のまま、ずっときれいなままで。ただずっと、私の傍にいてほしかった。

――私だけのもので、いてほしかった。

「ね、そういえば日奈子、この人知ってる？　灯っていう歌い手なんだけど」

言いながら、つーちゃんがスマホの画面を見せてくる。表示されていたのは、とある有名曲の『歌ってみた』動画だった。

歌い手の名前を見ながら、「知らない」と私が返せば、

「じゃあちょっと聴いてみてよ。あたしもこのまえ、有賀くんから教えてもらったんだけどね」

「……有賀くん？」

彼女がさらっと口にしたその名前に、私は一瞬引っかかってしまったけれど、

「うん。有賀くんが好きだって言ってたから、気になって聴いてみたの。そしたら本当に良くて、あたしも今ハマっちゃってて」

つーちゃんはあっけらかんとした笑顔で、早口に言葉を続ける。今はとにかく、この歌い手の話がしたいのだという様子で。


有賀くんに告白して振られたと、つーちゃんが言ったのは、ほんの数日前のことだった。

つーちゃんから、誰かに告白したという話を聞いたのは、それがはじめてだった。

最近の彼女が、有賀くんのことを気にしているのは気づいていた。有賀くんのほうがあからさまに、つーちゃんにちょっかいを出していたから。

だけど今回そこまで焦らなかったのは、相手が有賀くんだったからだ。入学初日から、人目も気にせ

ず私にしつこいアプローチをしていた彼だったから。つーちゃんに近づいたのも、どうせ私が目当てだとすぐにわかった。

そしてたぶん、つーちゃんも。今まで何度となく同じようなことを繰り返されてきた彼女なら、きっと、とっくに気づいていたはずだ。

なのにつーちゃんは、有賀くんに告白した。ぜったいに玉砕すると、わかっていたはずの彼に。


なんで、と当惑したあとですぐに、私のせいか、と悟った。

私が今までずっと、告白させる間も与えず、彼女の好きな人を奪ってきたから。

だからきっと、つーちゃんは焦ったのだ。また奪われる前に、せめて当たって砕けろ、とでも考えたのだろうか。

なんにせよ、私がいなければ、きっとつーちゃんがこんな無謀な告白をして、無駄に傷つくことはなかった。

――私が、彼女に、そうさせた。


「なんかね、聴いてると泣けてきちゃうんだよねぇ」

つーちゃんが『有賀くん』という単語を口にしたことで、私はまたそのことを思い出して胸が重たくなる。けれどつーちゃんのほうはあっけらかんと、スマホの画面に指をすべらせながら、

「歌聴いて泣くなんて、自分でもびっくりなんだけど。でもなんか、すごく響くっていうか、とにかく

良くてね」

あいかわらず早口に、楽しそうに『灯』の話を続けていた。

その口調には本当に熱がこもっていて、私はつーちゃんの顔を見ると、

「いいって、どこがそんなに？」

「んーと……こういう言い方すると、失礼かもだけど」

つーちゃんはちょっと考えたあとで、そう前置きをしてから、

「あたしと、似てる感じがするっていうか」

「……似てる？」

「うん。あたしと同じ日陰者がね、誰かに見つけてほしくて、必死に歌ってる感じがするっていうか……あ、いや、ただのあたしの想像だし、ぜんぜん違ったらほんと失礼な話なんだけど」

日陰者。

つーちゃんの口にしたその単語に一瞬息が詰まって、私はスマホに目を落とした。

表示されている動画のサムネを見る。背景はありふれた空の写真で、その歌い手の顔はわからない。

私が黙って再生ボタンに指を伸ばすと、つーちゃんはうれしそうに「うん、聴いて聴いて」と笑った。

私とつーちゃん以外には人のいない夕暮れの公園に、スマホから流れる歌声がやわらかく響く。

想像していたより、ずっと若い女性の声だった。高く澄んだ声には、どこかあどけなさが残っている。

もしかしたら同い年ぐらいなのかもしれない。

「どう？」

「……まあ、いい声かな」

そのことになんだか複雑な気分になって、返しが素っ気なくなってしまった。

「でしょ、いいよね」だけどつーちゃんはとくになにも思わなかったようで、朗らかな笑顔のまま、

「この人の声さ、日奈子の声に似てるよね」

「え」

「それであたし、最初気に入っちゃったんだよね。あ、もしかしたら有賀くんがこの人好きなのも、それでかもね」

はっと気づいたように付け加えて、つーちゃんはからかうように笑ったけれど、そこはどうでもよかったので聞き流した。

「……似てる?」まっすぐにつーちゃんの顔を見つめながら、私は前半部分を拾って訊き返す。

「この人の声と、私の声が?」

「うん。なんか似てるなって。声の感じとか」

「それでつーちゃん、この人が好きなの? 私の声と似てるから?」

「うん、まあ……なんか、そうあらためて言われると恥ずいけど」

「じゃあ」と言いながら、私は動画の停止ボタンを押した。ぶつんと中途半端に途切れた歌に、え、とちょっと戸惑った顔をしてこちらを見たつーちゃんに、

「私が歌う」

「……へ?」

「つーちゃん、この人の声が好きなんでしょ。だったら似てる私の声でもいいよね。私がつーちゃんの歌ってほしい歌を、歌ってあげる」

その前に彼女が語っていた、この歌い手が好きな理由についてはあえて見ない振りをして、私は言った。

ちりちりとした嫉妬心が、胸を焼いていた。この人の歌を聴いて泣く、つーちゃんを想像して。

私と同い年ぐらいの、女の子の歌声に。どうしようもなく心を揺さぶられる、つーちゃんの姿を。

「……え、日奈子、歌い手になるの?」

「そうじゃなくて、つーちゃんのためだけに歌うの」

言いながら、胸の奥に込み上げた熱が、どんどんふくらんでいくのを感じた。

力を込めて告げた私に、はあ、とつーちゃんは困惑した調子の相槌を打つ。

「こんな動画じゃなくて、生で」かまわず、私は重ねた。

「私がつーちゃんのためだけに、歌うから、だから」

――だから、私の歌を聴いて。

その日の夜、私はつーちゃんからリクエストをもらった曲を、さっそく家で歌って録音してみた。

もともと歌は得意なほうだった。そう思ってこれまで生きてきた。音楽の評価はいつも五だったし、つーちゃんといっしょに何度かカラオケに行ったことがあるけれど、毎回彼女は「日奈子めっちゃ上手いね」と褒めてくれた。お世辞ではなく、本当に心の底から感心した顔で。

だから自信はあった。灯が本気で歌を極めているプロの歌手とかならともかく、私と同い年ぐらいの、ただの素人なら。私だって本気を出せば、きっと対等に戦えると。――そう、自惚れていた。

録音した自分の歌を聴いてみたのは、はじめてだった。

はじめて客観的に捉えたそれに、聴きながら言いようのない羞恥が込み上げてきて、けっきょく、私は最後まで聴くことすらできなかった。

すぐにわかった。灯とはぜんぜん違うことを。

べつに下手ではない。音程は合っているし、そこそこ上手い、とは思う。だけどあくまでそれだけだ。音程が合っていて、下手ではないだけ。

――なんかね、聴いてると泣けてきちゃうんだよねえ。

突きつけられた現実に愕然としながら、私は灯の動画を再生してみた。私がさっき歌ったつーちゃんの好きな曲を、灯も前に投稿していたから。

――なんか、すごく響くっていうか、とにかく良くてね。

澄んだ歌声が流れ出す。

歌い出しの一声から、そののびやかな高音に心をつかまれ、いっきに曲の中に引き込まれるのがわかる。

公園で聴いたときは、音が小さかったからか私が真面目に聴いていなかったからか、とにかくあまりピンときていなかったけれど。こうして聴いてみると、たしかにいい。なんだろう、そこまで圧倒的に上手いというわけではないのに。不思議と惹きつけられるなにかが、その声にはあった。

ちょっと聴いてみようと思っただけだったのに、けっきょく途中で止められず、私は最後まで聴いていた。そして気づけば、次の動画を再生していた。

――あたしと、似てる感じがするっていうか。

灯の歌を聴きながら、私は画面をスワイプしていく。そしてその投稿数に、目を見張った。まだ活動を始めて日は浅いのに、すでに灯の投稿動画は百を超えている。毎日休まず、多い日は一日に複数回、動画を投稿してきた計算だ。

――あたしと同じ日陰者がね、誰かに見つけてほしくて、必死に歌ってる感じがするっていうか。

勝手な想像だとつーちゃんは笑っていたけれど、あながち間違いではないような気がした。その投稿頻度が、なにより彼女の切実さを物語っているように思えた。

灯の歌声の持つ不思議な熱量も、そこに由来しているのだろうか。どうか私の歌を聴いてほしいと、叫ぶようなその声は。

そしてつーちゃんが、彼女の歌声に惹かれたのも。

「……日陰者」

つーちゃんが口にしたその言葉を、舌の上で転がす。

はじめて聞いた。つーちゃんがそんなふうに、はっきりと自分を卑下するのを。

だけどずっと、彼女がそう思っていたのは知っていた。私が最初に彼女の好きな人を奪って、彼女が突然、伸ばしていた髪を切ったあの日から。彼女がときどき、卑屈な表情を見せるようになったのも。

気づいていた。ずっと。

気づいていたけれど、私はやめなかった。やめる気なんてみじんもなかった。

つーちゃんをどれだけ傷つけても、卑屈にさせても。なんの迷いもなく、彼女の恋を邪魔して、壊してきた。

誰にも渡したくなかったから。私だけのつーちゃんでいてほしかったから。

――日陰者に、なってほしかったから。

「日奈子、昨日練習してきてくれたんでしょ？」

つーちゃんがわくわくした表情で私に訊いてきたのは、昨日と同じ、夕暮れの公園だった。

私に彼氏がいない今、放課後はつーちゃんの部活が終わるのを待って、いっしょに帰るのが日課になっている。そうしてたいてい短い通学路では話し足りず、途中の公園で寄り道をする流れになるのも。

今日も同様だった。

「あー……うん。した、んだけど」

私は歯切れ悪く頷いて、指先で頬を掻く。

昨日。つーちゃんから歌ってほしい曲のリクエストをもらった私は、『いきなりは無理だから一日練習させて』と返していた。だから当然、つーちゃんは今日聴かせてもらう気満々でいたようで、

「やったあ、楽しみ！　歌って歌って」

にこにこと笑いながら、軽くこちらへ身を乗り出してきた。そうして期待のこもった目で、じっと私を見つめてくる。その無邪気な笑顔も仕草もとてつもなくかわいくて、私は胸に苦しさを覚えながらも、

「あの、ごめん」

「へ」

「やっぱり、ぜんぜん駄目だったの」

「駄目？」

うん、と呟いて私はうなだれると、

「実際歌ってみたら、ぜんぜん下手くそで……灯とはぜんぜん、比べものにならなくて。それでやっぱり、私の歌じゃ、灯の代わりは無理だなって思ったから」

だからごめん、と力なく繰り返しかけた私に、

「え、そりゃそうでしょ」

「え？」

つーちゃんからはきょとんとした声が返ってきて、思わず私もきょとんとして顔を上げた。

「灯の代わりなんて、日奈子でも誰でも無理だよ。あの人はなんか、唯一無二って感じだし」

さばさばとした口調で言い切ってから、「そうじゃなくてね」とつーちゃんは笑顔で続ける。

「あたしは日奈子の歌が聴きたいの。日奈子があたしのために歌ってくれるっていう、その歌が聴きたい。ぜんぜん下手でもいいから。ね、歌ってよ」

お願い！と顔の前で手を合わせて、つーちゃんは上目遣いに見つめてくる。

つーちゃんにそんなお願いをされてしまったら、けっきょく私には、突っぱねるなんて無理だった。

見渡した限り、今日も公園に私たち以外のひとけはない。それを確認して私がスマホを取り出すと、

「やった！」と隣でつーちゃんがうれしそうな声を上げた。

「ほんとに下手だよ」

しつこく保険をかけてから、私は昨日ダウンロードしていた音源を再生する。

カラオケなら何度も行ったのだし、べつにつーちゃんの前で歌うのなんて、はじめてでもなんでもないのだけれど。

場所が違うだけでなぜかいやに恥ずかしくて、私はつーちゃんから目を逸らすように前を見たまま、流れるメロディーに控えめな声量で歌をのせた。

公園の乾いた冷たい空気を、ちょっと強張った歌声がぎこちなく震わせる。

もうすぐクリスマスだから、ということで、つーちゃんがリクエストしていたのは『クリスマス・イブ』だった。

昔から、つーちゃんが大好きだった曲。そして毎年、クリスマス近くになるとふたりでよく歌った曲。

私がそれを歌い出した途端、つーちゃんは呼吸すらひそめるように静かになる。じっと耳を澄ましてくれているのが、気配でわかる。とても真剣に、まっすぐに、つーちゃんが私のつたない歌を聴いてくれているのが。


――ああ。

そんな彼女の真摯《しんし》さに、ふいにまた、胸を貫かれるように思う。

好きだ、と。もう何度も何度も、噛みしめてきたことを。目眩がするほどの鮮烈さで。

そのあとで、どうして、と考えたら、急に泣きたくなった。

どうしてこんなに、好きなんだろう。

彼女に私以外の大切な人ができることすら、耐え難いぐらいに。どうしてこんなに私は、つーちゃんを、好きになってしまったんだっけ。


「……え」

考えながらふと、無意識につーちゃんのほうを見たときだった。

掠れた声がこぼれ、歌が途切れた。それ以上、私は歌えなかった。

「……え？」

そんな私の顔を見て、つーちゃんもきょとんとした声をこぼす。

彼女が目をまたたかせた拍子に、そこにたまっていた涙が落ちた。濡れた頬を、新たな雫が伝う。

そこでようやく、つーちゃんは自分が泣いていることに気づいたようだった。

わあっ、と頓狂《とんきょう》な声を上げる彼女に、目がくらむほどの既視感が湧く。すぐに思い出した。まるで、昨日のことみたいな鮮明さで。


——ご、ごめんね！　なんでもないっ。

あの日もつーちゃんは、泣いていた。

髪を切られて泣く私の隣で、私の背中を撫でながら。

私といっしょに、泣いてくれた。

——日奈子ちゃんが、泣いてたから。

後日、あのときどうして泣いていたのかと、私が訊きそびれていたことを思い出して訊ねたとき。つーちゃんは恥ずかしそうにうつむきながら、そう言った。それ以外の答えは見つからないみたいに、ちょっと困ったような笑顔で。

——それでなんか、あたしも悲しくなっちゃったの。

「日奈子が、泣いてたから」

なんで。呆然と呟いた私に、つーちゃんはまた、あの日と同じ言葉を口にする。あの日と同じ、恥ずかしそうな笑顔で。

「……泣いてないよ?」

私は驚いて自分の頬に手をやったけれど、そこは濡れていなかった。だからなにを言われたのかわからなくて、きょとんとしながら返すと、

「でも、なんか」

つーちゃんは困ったように笑って、軽く首を傾げてみせる。

「泣いてるみたいに、見えたの」

瞬間、熱いかたまりが胸の奥でふくらんだ。

いっきに喉元まで込み上げてきたそれに、息ができなくなる。視界が揺れる。

──ああ、そうだ。

泣きたい気分で顔を伏せながら、私は思い出す。

あの日。はじめて私の前で泣いたつーちゃんを見たとき。その涙の、あまりのきれいさに息が詰まって、そうして思ったんだ。この子が好きだって。私のために、こんなにきれいな涙を流してくれるこの子が。

本当にきれいで、だからもう、泣かせたくないって。この子が泣かないように、私が守るんだって。

──私はたしかに、そう思っていた、はずなのに。

途方に暮れて顔を上げられずにいると、ふと、つーちゃんの手が背中に触れた。そうしてゆっくりと動いたその手の動きも、どうしようもなくあの日と同じで、私はますます途方に暮れてしまう。

なにも変わらない。私のせいで髪を切って、カチューシャをつけられなくなって、きっと陰で何度も泣いて。それでもつーちゃんは、なにも変わらずに、私の傍にいてくれる。今でも私のために、泣いてくれる。

その途方もなさを実感して、そして、痛烈に思う。

それだけでいい、って。

私は彼女に、それ以上のことなんて、望んじゃいけない。いけなかったんだ。ずっと。


「……つーちゃん」

「うん?」

「今度好きな人ができたら、私に、教えてね」

「え、なに急に」

唐突な言葉にちょっと戸惑ったように、つーちゃんが目をまたたかせる。

そこにはほんの少しのためらいも感じられて、その理由も私はよくわかっていたから、ちょっと悲しくなったけれど、それでもまっすぐにつーちゃんの顔を見た。少しでもまっすぐに、彼女へ、この気持ちが伝わってくれるように。

「協力、するから、私。……今度こそ」

つーちゃんは、しばし無言で私の顔を見つめた。

その目を私もじっと見つめ返せば、やがて、彼女はくしゃりと表情を崩した。

ありがとう、と噛みしめるように笑う。その笑顔はやっぱり途方もなくかわいくて、私はまた思う。

これだけでいい、って。

私はただ、この笑顔を守れれば。

私にとってそれ以上に大切なものなんて、今までもこれからも、きっとないから。


——そうしたらいつか、この想いを彼女に伝えることも、叶う気がする。

5

灯と丹羽奏汰

その声は、はじめて出会った、僕の『ど真ん中』だった。

音楽の授業での合唱中。僕はほとんど歌うことも忘れて、斜め後ろから聴こえてくる女子の声に全神経を集中させていた。誰だっけ、と頭の片隅で必死に考えながら。

僕の斜め後ろには、誰が並んでいたっけ。声を聴いていてもぜんぜんピンとこない。こんな声の女子、クラスにいたっけ。

それほど大きな声ではない。むしろ控えめで、人前で歌うことを、ちょっと恥ずかしがっているような声。

だけど、それでも充分だった。彼女の隣では怜央がやたら張り切って歌っていたけれど、その無駄に大きな歌声に、かき消されるようなこともなかった。

高音が心地よくのびる、正確で、透明な歌声。それは周りのクラスメイトたちの声に埋もれることのない、しっかりとした存在感があった。

圧倒的だった。彼女の声だけが、抜き出されたように僕の耳には届いた。

めちゃくちゃいい、と胸が震えるように思う。

上手いのはもちろんだけど、なにより声がいい。のびやかで澄んでいて、だけど透明感といっしょに力強さもあって。

——好きだ、この声。

今すぐ振り向いて確かめたいのを堪えながら、僕は歌の終わりを待った。歌が終わったら、怜央に話しかけるていで後ろを向いて、さり気なくその隣にいる女子の顔を見るつもりだった。

できるなら、歌めっちゃ上手いね、と感動のままに話しかけたいところではあったけれど、間違いなくその子は、今まで一度もしゃべったことのない女子だ。声に覚えがないから。そんな相手に、いきなりそんな馴れ馴れしい声かけはさすがに無理だ。合唱中、自分の歌声を集中して聴かれていたのかと思うと気持ち悪いかもしれないし。だからとりあえず、今は、彼女が誰なのかだけ確認を、

「え、すご。なんか、めっちゃ上手くない!?」

――しようと、後ろを向きかけたときだった。

歌が終わると同時に、後ろで頓狂な声が上がった。怜央の声だった。

驚いて振り返ると、怜央が隣の女子のほうに顔を向けていて、

「横で聴いててびっくりした! え、もしかして、なんかやってたりする?」

興奮気味にまくし立てる怜央の前で、その子はびっくりしたように目を丸くしていた。「え? あ、え、えっと」と、突然の事態に思い切りうろたえながら。

――あ、水篠さん。

僕もそんな怜央の行動に面食らいながらも、とりあえず彼女の顔を確認した。

やっぱり一度も話したことのない相手だった。

それでも僕にしてはめずらしく名前を覚えていたのは、彼女がときどき、僕のバイト先であるCDショップに現れていたから。もう三カ月以上そこで働いていたけれど、見かけたことのあるクラスメイトは彼女ひとりだった。配信が主流になった今の時代にCDショップを頻繁に訪れるなんて、よほど

の音楽好きなのだろうかと、ひそかに少しだけ気になっていた。

「なんかほら、歌う活動？　とか。習ってたりすんの？」

「と、とくになにも……」

「ええ、もったいな！　なんかすればいいのに」

そのあいだも、怜央はずけずけと無遠慮に水篠さんに絡んでいる。明らかに当惑した様子の彼女にかまわず、「歌い手の活動をやってみれば」とまで勧めはじめている。

「そんだけ上手いなら、けっこうマジで人気になれそう！　いい声だし」

あいかわらずの距離感のなさにあきれながらも、怜央のその言葉には、ひっそり心の中で同意した。

――たしかに、いい線いけるんじゃないだろうか。彼女の声には、なんだか不思議な魅力がある。

だけど怜央と違って、僕はそれを水篠さんに伝えることはできなかった。心の底からそう思ったけれど、ただ思っただけで。怜央の言葉に恥ずかしそうに口ごもる水篠さんの、少し赤くなった頬を、ただ見ていることしか。


灯の存在を知ったのは、それから二週間ほどが経った頃だった。

最初に彼女の動画を再生したのは、偶然だった。もともと活動を始めたばかりの歌い手の動画を漁るのはときどきやっていたけれど、無数にいるその中から、たまたま灯の名前が目に留まった。

その歌い手がめずらしく『ＣＯＳＭＯＳ』という合唱曲を歌っていたから。あの日、授業中に僕が水篠さんの歌声に聴き惚れてしまった、その曲を。

いまだに記憶に残るその声をぼんやりと思い出しながら、僕は何気なく動画を開いていた。そうしてピアノの前奏に続き、歌声が流れだしたところで。

――息が、止まった。

イヤホンから流れ込んできたのは、今まさに思い浮かべていた、その歌声だったから。

驚いて動画の投稿日時を確認してみると、十日前だった。スマホを操作する指先が震える。灯のページに飛んでみると、『COSMOS』が灯のはじめて投稿した動画だった。それ以降はほぼ毎日、多い日は一日に複数回、彼女は動画投稿を続けている。

鼓動が騒がしく耳元で鳴っていた。

あの日。水篠さんは怜央に、『歌い手の活動をやってみれば』と勧められていた。もちろん怜央のほうはなんの気なしに言っただけの、次の日には忘れているぐらいの、ほんの軽口だっただろうけれど。

水篠さんはそれを、本気にしたということだろうか。

彼の言葉に心を動かされ、実際に、行動に移したということなのか。

混乱しながら、僕はふたたび灯の動画を再生する。目を閉じて、流れてくる歌声に集中する。

灯は顔を出していない。だからわかるのは歌声だけで、灯のほうはともかく、水篠さんのほうは音楽の授業中に一度聴いただけだ。それも合唱するみんなの声と混じって。だからもしかしたら、ただの気のせいなのかもしれない。似ている気がするだけで、赤の他人なのかもしれない。声が似ているというだけなら、その可能性も充分にあった。

――だけど。

灯の活動開始日と、彼女が最初に歌った、その曲。

それらが物語るものを、無視はできなかった。このすべてが偶然とは、どうしても考え難かった。


「なんかのん気そうなやつが視界に入るとイライラするからさあ、どっか外行っててくんない?」

高校に入ってからバイトを始めたきっかけは、弟に言われたそんな言葉だった。

ちょうど模試の結果が返ってきたばかりで、虫の居所が悪かったらしい。僕が二階の自室から飲み物を取りにリビングへ下りてきたところで、弟と鉢合わせ、そこで言われた。

反論はできなかった。僕より高い位置から見下ろすその視線に、情けないことに、軽く気圧されてしまって。なんだかまた背が伸びたなあ、なんてぼんやり思いながら、曖昧《あいまい》に頷くことしか。

ひとつ下の悠真《ゆうま》とは、昔からよくどちらが上かを間違われる。あっちが兄で、僕が弟だと。

僕と違い、小さな頃から運動神経が抜群だった彼は、中学で野球部に入ってからどんどん筋肉をつけ、体格が良くなった。背もすごい勢いで伸びて、あっという間に僕を追い越してしまった。運動なんてからっきしで、ずっと帰宅部だった僕とは、気づけば雲泥《うんでい》の差がついていた。

それならせめて学業ぐらいは僕が勝てていればよかったのだけれど、彼はまったく嫌になるほど、成績も優秀だった。今年の高校受験では県内でもトップクラスの名門進学校を目指しており、そして実際に、充分狙える位置にいるらしい。僕が去年、塾にまで通わせてもらったのにあっけなく散った高校より、はるかに高い偏差値の高校を。

もともと両親は優秀な弟に期待をかけていたけれど、僕が受験に失敗したことで、さらに拍車がかかっていた。「今年は悠真の受験を家族全員でサポートする」と四月の頭に母が宣言していて、その言葉通り、家の中は悠真が集中して勉強できる環境を整えることが最優先になった。

まず真っ先に、僕は自室で音楽を聴くことを禁止された。仕方なくイヤホンで聴くようにしたのだけれど、それでも隣の部屋の悠真からは、「生活音がうるさくて集中できない」との苦情がきた。

それでしばらくは僕なりに極力音を立てないよう過ごしてみたものの、その後、「視界に入るとイライラする」との声が出て、家にいることすら許されなくなった。

悠真の理不尽な言い分に対して、両親がなにか庇ってくれるようなことはなかった。むしろ両親も、そう思っていたのかもしれない。大事な悠真の大事な時期に、落ちこぼれの兄なんて家にいないほうがいいと。

それから僕は、放課後家には帰らず、どこか外で過ごすことにした。

とはいえ部活にも入っていない僕の放課後は暇で、無為に過ごすよりはバイトでもしようと思った。近所のＣＤショップを選んだのは、単にそこが、昔から好きなお店だったから。

物心がついた頃から、僕は音楽が好きだった。演奏するほうではなく、ただただ聴くのが。テレビは音楽番組ばかり観ていたし、暇な時間は必ずなにかしらの音楽を聴いていた。それが当たり前だった。お小遣いはぜんぶ音楽ＣＤに注ぎ込んできたし、誕生日やクリスマスのプレゼントも毎回ＣＤだった。それ以上に欲しいものなんて、ずっと思いつかなかった。

聴くだけでなく、自分で演奏してみたい、と思ったこともある。家には母が昔使っていたというピアノがあったので、一時期はそれを弾いて遊んでいたりもした。根気がなく、けっきょく一曲もマスターできずにやめてしまったけれど。そんなところも、何年も真剣に野球を続けている弟とは違った。

それきり、演奏してみたいと思うことはなかったけれど、代わりに、自分で音楽を作ってみたいと思いはじめたのは、中三になってスマホを買ってもらったときだった。

適当にスマホを触っていた中で、たまたま作曲アプリなるものを見つけた。最初はピアノのときと同様、ちょっと興味を持って、なんとはなしに遊んでみただけだった。

だけど気づけば、その楽しさに僕はあっという間にのめり込んでいた。

ピアノのときとはぜんぜん違った。適当に音を鳴らしているうちにピンとくるメロディーが見つかったり、つなげていくうちになんとなく曲らしくなってきたり。そうしてしだいに形になっていくのが、たまらなく楽しかった。気づけば、時間も忘れて没頭してしまうぐらいに。

はじめてだった。昔から飽きっぽく、なにかに真剣に取り組むことがなかった僕にとって。作曲ははじめて出会った、心の底からのめり込めるもので。それははじめて、僕を受け入れてくれたもののようにも思えた。

ああ、僕はこれがしたかったのだと、そのとき気づいた。

ただ聴いているだけだった音楽が、自分のものになったような気がして。ずっとずっと大好きだった音楽に、ほんの少し、近づけたような気がして。それがどうしようもなく、うれしくて。

バイトも始めてみたら思いのほか楽しかった。なんといっても場所がよかった。店内には常に音楽が流れていたし、音楽に囲まれているだけで幸せだった。今のピリついた家の中にいるより、よほど快適かもしれなかった。在庫の整理をしながら気になるＣＤを見つけたり、最新の音楽情報もゲットできたり、仕事をしながら半分はただただ楽しんでいた。

場所柄、他の店員もかなり熱めに音楽好きな人が多くて、話すのも楽しかった。

中には僕と同様、作曲が趣味だという大学生もいて、

「うそ。丹羽くんはなに使ってやってんの?」

つい「自分も曲作りをやっている」という話をすると、その先輩はうれしそうに食いついてきた。

「スマホのアプリです」

「あー、俺も前はスマホでやってたなあ」

今はパソコンを使っているらしく、いかにパソコンを使った音楽制作が便利で楽しいのかを力説してくれた。「もちろんスマホも悪くないんだけどね」と前置きをしたうえで、それでもパソコンを使えば作れる曲の幅が格段に広がり、本格的な楽曲制作が可能なのだということを、熱く語った。なにより快適で、操作のストレスが少ないのだということも。

その日から、なんとなく始めたバイトに、明確な目標ができた。

バイト代を貯めて、パソコンを買うこと。もちろん、作曲のために。

自分がそんなにも本気になってしまっていることに、僕はそこで気づかされた。

そのＣＤショップは、知人がほとんど訪れないという点もよかった。働いている姿をクラスメイトとかに見られるのは、なんとなく気恥ずかしかったから。

だから最初に水篠さんが来店したときは、ちょっと動揺した。

レジのところから、店内を歩く彼女の姿を、つい目で追ってしまった。

水篠さんは、なにか目的のＣＤがあるわけではないようだった。ただ棚を眺めながらゆっくりと歩いたあと、試聴コーナーでしばらく音楽を聴いて、なにも買わずに店を出ていった。店員のほうなんて目もくれなかったので、僕には気づく気配もなく。

だけどそれから、水篠さんは頻繁に店を訪れるようになった。

店内での行動パターンは毎回同じだった。なにか買うわけではなく、棚に並ぶＣＤのジャケットを眺めて、たまに手に取って裏も眺めて、そのあとは試聴機で音楽を聴いて。飽きることなくそんな行動を繰り返す彼女を、僕はいつも遠目に眺めながら思っていた。

ああ、きっとこの子、音楽がものすごく好きなんだろうなあ、って。


たまたま灯を見つけたあの日から、僕は毎日、灯の歌を聴くようになった。

聴けば聴くほど、彼女の声は、僕の『ど真ん中』だった。

灯も、毎日投稿を続けていた。最初の投稿は『ＣＯＳＭＯＳ』だったけれど、べつに合唱曲メインというわけではないようだ。ジャンルにこだわりなく、流行りの人気曲から懐メロまで、幅広く歌っている。

どうやら自分の好きな曲というより、視聴者からのリクエストに応えることを優先しているらしい。コメントで【この曲を歌ってほしい】というリクエストがくると、彼女は数日中に、必ずその曲を上げていた。

――コメント、ちゃんと見てるんだ。

それに気づいたとき、僕はふと思う。

しかもきっちりその声に応えているということは、励みにしているのだろうか。

それなら、と。僕もちょっと迷ったあとで、コメントを書いてみた。【いつも聴いてます。応援してます】とか、なんとも月並みな言葉しか思いつかなかったけれど。

ほんの少しでも、励みにしてくれればいいな、と願って。

そうして彼女が、これからもずっと、歌い続けてくれればいい。


水篠さんとは、けっきょくまだ一度も話せずにいた。学校でもＣＤショップでも。

水篠さんはいつもたいていひとりでいるので、話しかけるチャンスならいくらでもあったのだけれど、肝心の勇気がなかった。

これ、きみなの？　と灯の動画を見せて訊いてみたかった。灯の存在を知ってから三カ月が経とうとしていたけれど、ずっとひとりで悶々としていた。最初に聴いたときは、きっと水篠さんだろうと思ったのだけれど、時間が経つにつれ、あの日聴いた水篠さんの歌声が記憶から薄れていき、しだいに自信が持てなくなってきた。今となっては、やっぱり違うのかもしれないという気もしてきた。

だから早く、確かめたかった。それでもし、本当に水篠さんが灯だったなら。

——だったなら、僕はどうしたいのだろう。


一度だけ、彼女に話しかける絶好のチャンスがあった。

いつものようにCDショップを訪れた彼女が、店内でなにか物を落としたのが見えた。

水篠さんは気づかなかったようで、拾うことなく試聴機のほうへ歩いていく。はっとして、僕は咄嗟にレジを出ると、そちらへ駆け寄った。

落ちていたのは、ウサギのキーホルダーだった。それを拾うと、「あの」と僕は水篠さんの背中に声をかける。だけど聞こえなかったのか、彼女は振り返らない。かまわず試聴機のほうへ手を伸ばした彼女の肩を、僕はぽんぽんと軽く叩いた。

そこまでは、ほとんど衝動的だった。ただ彼女が物を落としたから、拾わなければと思っただけで。なにか考える間もなく、咄嗟に動いていた。

だけど振り向いた彼女と目が合った瞬間、緊張が思い出したように襲ってきた。

表情が強張り、口の中からいっきに水分が引く。

僕の顔を見た水篠さんは、ちょっと驚いた顔をしていた。僕がクラスメイトだと気づいたのだろうか。

それを見て、なぜかよけいに焦ってしまった。

「これ」

あわてて口を開くと、ひどく素っ気ない声が出た。

「落としましたよ」

しかもクラスメイト用の口調に切り替える余裕もなく、店員モードのまま言葉を継いでいた。失敗した、とすぐに思った。水篠さんも、僕の言葉を聞いてちょっと微妙な表情を浮かべていた。だけどここから挽回する術も、咄嗟に思いつかなかった。とりあえずこの場は、あくまで店員として切り抜けるぐらいしか、できそうになかった。

僕の手からキーホルダーを受け取った水篠さんに短く会釈をして、僕はきびすを返す。

直後に怒涛のごとく後悔が襲ってきたけれど、もうどうしようもなかった。クラスメイトだと気づかなかったのだと、彼女がそう思ってくれることだけを、ただ願った。


家に帰ってからも何度となくその失敗を思い出し、ベッドの上で「あー」とか意味もなく唸っていたときだった。

何気なくスマホを開き、そしてまた何気なく灯の動画を開いたところで、え、と声が漏れた。がばっと寝転がっていた身体を起こし、画面を凝視する。

灯の動画の再生数やコメント数が、急に跳ね上がっていた。

それも倍どころではなく、桁が増えるぐらいに。

一瞬ひやりとしたけれど、コメント欄を見てみると好意的なコメントがほとんどだった。なにか炎上したというわけではないらしい。

驚いて検索をかけてみたら、すぐに見つけた。

とある人気の音楽家が、数時間前にＳＮＳで灯の動画を紹介していた。何十万というフォロワーを持つ、いわゆるインフルエンサーが。


翌日は、学校でも灯のことがちらほら話題になっていた。

リアルで灯の名前を聞くのなんて、これがはじめてだった。

「ね、ね、この動画見た？　灯って人の」

「あー、それ見たかも！　昨日ソラが紹介してたやつでしょ」

「はじめて歌聴いてみたんだけど、いいよね」

教室の後ろのほうから、かすかにそんな会話が聞こえてくる。僕は耳をそばだて、夢中でその声を追っていた。灯のことを話すクラスメイトがいる。それだけで胸がふくらみ、そうだろうそうだろう、と勝手に鼻が高くなる。まあ僕はずっと前から知ってたし注目してたけどね、と心の中でついマウントもとってしまう。

水篠さんの反応も気になってちらちら見ていたけれど、とくに変わった様子はなかった。いつも通り誰ともしゃべることはなく、自分の席にただじっと座っていた。

これで灯が、いっきに有名になっていくのだろうか。

そう思うとほんの少しだけ寂しさも覚えたけれど、それより圧倒的にうれしさのほうが大きかった。

実力のある人が正当に評価されるのはうれしい。なにより、灯自身はこれを望んでいたのだろうから。

わざわざ動画を投稿するのは、たくさんの人に自分の歌を聴いてもらいたいと思ったからだろうし、彼女の投稿頻度からもその熱量の高さは伝わっていた。

灯が少しでも自分の夢に近づけたなら、間違いなく喜ぶべきことだった。


バズったからといって、灯の正体が水篠さんなのではないか、なんて声が上がってくることはなかった。誰もそんなこと、想像すらしていないようだった。

怜央にいたっては、「この声、西条に似てる」なんてすっとぼけたことを言っていた。水篠さんの歌が上手い、とあの日僕を差し置いて褒めていたくせに。

「いやいや、これはマジで似てるって。西条の歌聴いたことないけど、たぶんこんな感じだって」

放課後の教室で友人相手に力説する怜央の声を、僕は少し離れた場所で帰り支度をしながら聴いていた。なに言ってんだこいつ、と心底あきれながら。

ちらっと水篠さんの席のほうへ目をやる。本人の姿は見えないけれど、鞄は机の横に掛けられたままだ。まだ校内にはいるらしい。

……けっきょく、今日も話しかけられなかったな。

ぼんやりとそんなことを思って、はあ、とため息をついたとき、

「――水篠さん？　って、どこだっけ、席」

今まさに考えていた名前がふいに飛び込んできて、思わず顔を上げた。

見ると、怜央たちの前に立ったひとりのクラスメイトが、なにかのプリントを手に困ったように教室を見渡していて、

「へ、水篠さん？　誰だっけ、それ」

きょとんとした怜央が彼にそんな言葉を返すのを聞き、僕は立ち上がった。鞄を肩に掛けながら、プリントを持つ彼のほうへ歩いていく。

「そこ」

「へ」

「水篠さんの席。そこ」

紺色の鞄の掛かった席を指さしながら告げると、「おお、サンキュー丹羽」と彼は笑って、そちらへ歩いていった。

その横を通り抜け、教室を出ていこうとしたら、

「あ、奏汰帰んの？　じゃあなー」

という怜央の声が背中にかかった。

けれどなぜだか振り向けなくて、僕は咄嗟に聞こえなかった振りをしてしまった。表情が強張っているのが、自分でわかったから。

……あいつ、覚えてもいないのか。

廊下を歩きながら、僕はついさっき聞いた怜央の言葉を反芻《はんすう》する。

——水篠さん？　誰だっけ、それ。

べつに悪気があるわけではないのはわかっている。怜央は昔からそういうやつだった。興味のない相手の名前なんて覚えない。

そう、興味がないのだ。怜央は、水篠さんに。

あの日から僕はつい水篠さんを目で追うようになっていて、そうしているとすぐに気づいた。

水篠さんのほうは、怜央をずっと目で追っていることに。

当の怜央は、入学初日にひと目惚れしたらしい他クラスの女子に、人目もはばからずひたすらアタックを続けていたけれど、それでもずっと。水篠さんは、そんな彼を見つめ続けていた。

きっかけはたぶん、あの日だったのだろうな、となんとなく思う。

怜央が水篠さんの歌を、上手いと褒めたこと。僕が彼女を意識しはじめたのもその日からなので、それ以前のことはわからないのだけれど。だけどもし本当に、水篠さんがその言葉をきっかけに、歌い手の活動を始めたのなら。

その言葉はそれほどまでに、彼女の心に刺さったのだ。

込み上げてくる苛立《いらだ》ちに、顔が歪む。怜央に対してではなかった。あの日の、自分に対しての苛立ちだった。

あの日なにも言えなかったことが、今更、歯がゆくて仕方がなかった。

僕だって、同じことを思っていたのに。たぶん怜央よりずっと強く、心の底から。

もしそれを、あの日、彼女に伝えられていたなら。

今、彼女の視界に僕もはいれていたのだろうか、なんて。

そんなどうにもならないことを考えている自分にも心底苛立って、どうしようもなかった。


――歌が聞こえたのは、そんなときだった。

校門を出て、駅へ続く道をささくれた気分で歩いていたとき。遠くから、かすかに聞こえてきた。

風の音に紛れそうなぐらい、かすかな声だった。それでも聞こえた。僕の耳には、他のどんな音も押しのけるようにして。

灯の、声が。

一瞬、幻聴かと思った。あまりに聴きすぎていたせいで、耳の奥に残っていたその歌声が、知らず知らず再生されたのかと。

だけど違う、とすぐに気づく。こんな声は知らない。間違いなく灯の声だけれど、こんな歌声を聴いたことはない。

灯の動画ならすべて観てきた。あれから、過去の動画もぜんぶ漁った。だけどこの声に聴き覚えはない。こんな声、きっと一度聴いたら忘れないはずなのに。

こんな、慟哭《どうこく》するような、息が詰まるほど、切実な歌声は。

気づけば吸い寄せられるように、僕はその歌声をたどっていた。

どくどくどく、と心臓が早鐘を打つ。喉がからからに渇いていて、うまく息が通らない。ただ足だけが、夢中でその歌声を追っていた。

見つけたのは、小さな児童公園だった。

夕陽に染まったひとけのない公園に、ひとり、スマホを手に歌う少女がいた。音源を聴いているのか、イヤホンを耳にはめて。

その見慣れた後ろ姿に、どくん、と心臓が大きく音を立てる。息が止まる。

驚きはなかった。やっぱりそうだった、と深く納得する気持ちといっしょに、ようやく出会えた、という喜びがいっきに水位を上げ、喉元まで迫った。うまく呼吸ができないまま、ゆっくりと公園に入る。彼女のもとへ歩いていく。

水篠さんは僕に気づく様子もなく、歌っていた。

いつもの動画のような、きれいな歌声ではなかった。息苦しそうに叫ぶような、絞り出すような、かすかに震えて、掠れる声だった。それでもそれは、間違いなく灯の声だった。そして今までに聴いたどの声よりも、深く胸に突き刺さるような声だった。

灯の声で、水篠さんが歌っている。

これ以上ないほど決定的なものを目の当たりにして、胸が震える。

ああ、やっぱ、やっぱり。

やっぱり、彼女だった。

——ようやく、見つけた。

彼女にあと数メートルのところまで近づいたところで、ふと、歌声が途切れた。

ゆっくりと、彼女がこちらを振り向く。そうして僕の顔を見た水篠さんは、目を見開いて、え、と上擦った声をこぼした。

「……丹羽、くん」

小さく呟かれた僕の名前に、ああ名前知っててくれたんだ、なんて感動している間はなかった。彼女の顔を見た僕も、ぎょっとして目を見開く。

彼女が、泣いていたから。

「え、なんで……」

訊ねかけて、はっと思い当たる。

僕が教室を出るとき、水篠さんの鞄はまだ彼女の席にあった。そして彼女が今持っているのはスマホだけで、鞄は見当たらない。

教室を出る直前、そこで交わされていた会話を思い出す。

——水篠さん？　誰だっけ、それ。

……まさか水篠さんは、聞いていた？

思い至ってぎりっと胸が痛んだとき、彼女は勢いよく耳からイヤホンを抜いた。あわてたように濡れた目元をごしごしと拭う。それから「あ、あ、あの」と引きつった声で口を開いたけれど、あわてすぎてまとまらないのか、もごもごと口ごもる彼女に、

「あ、ご、ごめん、驚かせて。あと盗み聞き、みたいなことしてて。あの、ただ」

僕もあわてて口を開いたら、まとまらない言葉があふれた。

「僕は」とたどたどしく言葉を継ぎかけたとき、水篠さんが恥ずかしさに耐えかねたように顔を伏せた。

そうして胸の前でぎゅっとスマホを握りしめた彼女が、逃げるようにこの場から走り去ろうとするのがわかって、

「待って！」

僕の横をすり抜けかけた彼女の腕を、咄嗟につかんでいた。

「――灯」

「え」

「灯、なんだよね？　水篠さんが」

ずっと訊きたかったその質問は、知らぬ間に喉からすべり出ていた。

水篠さんが弾かれたように顔を上げ、僕を見る。

「あの」驚いたように僕を見つめるその目と目を合わせながら、僕は夢中で言葉を継いだ。ずっと、ずっと彼女に伝えたかった、伝えられずにいた言葉を。

「ずっと聴いてた」

「え……」

「灯の歌。投稿始めた最初の頃から。ずっと好きで、推してて」

一度口を開いたら、せきを切ったように言葉があふれてきて、止まらなかった。

「本当に、ずっと」まっすぐに彼女を見つめたまま、力を込めて重ねる。「昨日バズったからそれで知ったとか、そんなんじゃなくて。灯の歌がずっと好きで、ぜんぶ聴いてて、あ、そうだコメントもよくしてた。『Kana』っていうアカウントで」

呆けたように僕の顔を見つめていた水篠さんは、そこでふいに、え、と声を上げた。

「うそ、Kanaさん?」

驚いたように目を丸くして、彼女が訊き返す。その反応に、ああ認知されていた、なんて場違いに感動してしまいながら、うん、と僕は強く相槌を打って鞄からスマホを取り出した。

慣れ親しんだ、動画サイトのコメント履歴を開く。そうしてその画面を見せると、彼女はますます驚いたように目を見開いた。

「……ほんとに?」食い入るように画面を見つめながら、掠れた声で訊き返す。

「丹羽くん、が?」

「うん。僕が」

「Kanaさんなの?」

「そう」

今はとにかく、灯への熱い想いを伝えたくて必死だった。この想いを、どうにか彼女に信じてほしくて。

「ずっと応援してた。ずっと、好きだった」

思わず口走ったあとで、なんだかとんでもなく恥ずかしい台詞だったような気もした。だけどもう、今はそれでよかった。目の前の彼女に伝わるなら、それで。

え、と声をこぼして、水篠さんがまた目を見開く。

「ずっと――」そんな彼女へしつこく繰り返そうとしたところで、ふと声が途切れた。代わりに、え、と僕の唇からも小さな声がこぼれる。

見開かれた彼女の目から、また涙があふれ出していたから。

「え？　あ、あの」

いっきに上気した彼女の頬に、ぽろぽろと涙がこぼれていく。肩が震える。はっとしたように自分の口元を押さえた彼女の手の下で、嗚咽が漏れた。

そうして彼女は、しばらく泣き続けた。どうすればいいのかわからず、ただおろおろする僕の前で。

なにがスイッチになったのかはわからなかった。それが、なにに対する涙なのかも。

ただ、

「……あり、がとう」

嗚咽の合間、彼女が一度だけ小さく呟くのが聞こえたとき、僕は心の底から後悔した。

もっと早く、彼女にこの気持ちを伝えられなかったことを。

「……あの」

しばらく経って、水篠さんの涙が収まってきた頃。ぎこちなくポケットからハンカチを取り出しながら、僕は口を開いた。

「水篠さんに、お願いが、あるんだけど」

おずおずと言葉を継げば、水篠さんが顔を上げる。そうして真っ赤な目で僕を見つめながら、「なに」と小さく訊き返した。

僕はその目を見つめ返し、すっと短く息を吸うと、

「――また、歌を歌ってほしい」

最初にこの公園で彼女を見つけたときから、ずっと言いたかった言葉だった。

いや違う。音楽の授業で彼女の歌声を聴いたときからだ。

水篠さんの歌が、もう一度聴きたかった。ずっと。動画で聴く灯の歌ではなくて。生で、彼女自身の声で。

意を決したそのお願いに、水篠さんはなんだかきょとんとした顔をした。僕の顔を見つめたまま、何度か短くまばたきをしたあとで、

「……あ、うん」

ちょっと戸惑い気味に、ぎこちなく頷いた。

それに思わず、えっ、と大きめの声を上げてしまった僕に、

「いい、よ。えっと、なにを歌えば……?」

僕の差し出しているハンカチにおずおずと手を伸ばしながら、水篠さんは軽く首を傾げる。その言葉に僕はまた、えっ、とさっきと同じトーンで声を上げると、

「もしかして、リクエスト聞いてくれたりするってこと?」

「あ、う、うん。もし、なにかあるなら……」

「あるあるある、めっちゃある！　あの、えっと」

思いがけない提案に、僕はあわてて考えを巡らせる。

灯は本当にたくさんの動画を投稿していたけれど、それでもまだ彼女に歌ってほしい歌ならぜんぜん尽きなかった。ちょっと考えただけでも、両手で足りないほどの曲名がいっきに浮かぶぐらい。そこからひとつを選び取るのに、ちょっと手間取ってしまっていたとき。

——ふいに、ある考えが頭に弾けた。

「……僕の」

そして気づけば、それはそのまま、唇からこぼれ落ちていた。

「僕の、作った曲を」

水篠さんが驚いたように目を丸くする。え、と小さく声をこぼす。

その目を見つめ返しながら、僕も自分の口にした言葉に驚いていた。

ほんの数秒前まで、こんなこと、意識に上らせたことすらなかった。自分の作った曲を誰かに聴かせたことも、聴かせようと思ったことも、今まで一度もなかったのに。

だけど今、彼女に歌ってほしい曲と問われたら、それ以外の答えは考えられなくなった。

そしてはじめて自覚した。彼女の歌声に惹かれたあの日から、ずっと心の奥底で、それを願い続けていたことを。

灯の——水篠さんの声で歌われる、僕の曲が聴きたいと。

「……あ、い、いや」

だけど言ったあとで、恥ずかしさが遅れて追いついてきた。

「ごめん」顔の前で意味もなく手を振りながら、僕はあわててさっきの発言を取り消すと、

「やっぱなし。うそ、忘れて」

なにを言っているのだろう。こんなド素人の、まだ形にもなっていない曲を歌ってほしいだなんて。失礼にもほどがある。僕の曲なんて、まだどこかに公開する自信すら持てないぐらいの、本当につたないものなのに。

「そういうのじゃなくて、もっとちゃんとした曲をだよね。えっと」

だから急いで訂正しようとしていたら、え、と水篠さんの声がした。

「わたし、聴きたい」

「え?」

「丹羽くんの作った曲」と彼女は続ける。

「聴きたい。聴かせて」

驚いて水篠さんの顔を見ると、まっすぐにこちらを見据える彼女と目が合った。

その目がひどく真剣で、僕はつかの間、呼吸を忘れた。

「——あの、でもまだ、ぜんぜんちゃんとした形じゃなくて」

スマホに入っているこれまで作った曲の中から、時間をかけてようやく一曲を選んだところで、僕は

水篠さんに対し、もう何度目になるかわからない念押しを繰り返していた。

「歌詞もないし、ほんとまだ、すごい単純なメロディーだけで」

「いいよ」

それに水篠さんのほうも、何度目になるかわからない言葉を返してくれる。やわらかな口調で、だけどはっきりと。

「それでも聴きたい」

「じゃあ……えっと」

「どうぞ」と、ぎこちなく強張った声で言いながら、僕はちょっと震える指先で再生ボタンを押す。

流れ出したメロディーは、耳元で暴れる鼓動がうるさくて、なんだかよく聴こえなかった。スマホを握る手のひらに、汗がにじむ。

隣にいる水篠さんの表情を見る勇気はなくて、僕は薄暗くなってきた公園のほうへ視線を飛ばす。よく考えたら、自分の作った曲を自分の目の前で聴かれるってなかなかの羞恥プレイだな、と今更痛感して、やっぱり家に帰ったあとにデータを送るとかにすればよかったかも、と心の底から後悔しはじめていたとき。

ふいに、隣から小さな歌声が聴こえた。

え、と心臓が大きく脈打つ。

驚いて横を見ると、水篠さんは目を閉じて、スマホから流れる音に耳を傾けていた。そうして唇を薄く開き、そのメロディーを、口ずさんでいた。

息が止まった。

灯の声が。――水篠さんの、声が。

僕の作った曲を、歌っている。

認識した途端、身体の底から熱いものが込み上げてきて、いっきに全身を満たした。目の奥にまで届いたその熱に、視界がにじむ。喉が震える。堪える間もなかった。まばたきをした拍子に、そこからなにかが落ちて、頬を伝うのがわかった。

「丹羽くん、これ、すごくいい……」

しかもちょうどそこで曲が終わり、水篠さんが目を開けた。そうして感想を伝えようとしてくれたのか、勢いよくこちらを振り向いた彼女は、僕の顔を見た途端に目を丸くして、

「……丹羽くん?」

困惑したその声に、はっと我に返る。

「あ、ご、ごめ」あわてて制服の袖で拭ったけれど、あふれる涙は止めどなくて、もうどうしようもなかった。拭ったそばからまたこぼれてくる。途方に暮れて目元を押さえていると、「あの」と横から困ったような声がして、

「こ、これ、よかったら……」

見ると、水篠さんがおずおずとハンカチを差し出していた。さっき僕が彼女に渡した、青いハンカチを。

「いやこれ、僕の……」

つい呟いてしまうと、「あっ、そうか」と水篠さんはそこではじめて気づいたみたいに、間の抜けた声を上げる。そうしてちょっと恥ずかしそうにハンカチを引っ込める彼女がおかしくて、僕が思わず笑うと、水篠さんもつられるようにくしゃりとした笑顔になった。

僕が彼女の笑顔を見たのは、それがはじめてだった。

「他の曲も聴きたい」と言ってくれた水篠さんと、翌日の放課後も、待ち合わせをして同じ公園で会った。

昨日は、目の前で聴かれるのは恥ずかしいからデータを送ればよかった、なんて後悔していたはずなのに。僕の曲を口ずさむ水篠さんの声を聴いてしまったらもう、どうしてもまた、それを聴きたくなってしまって。

「これ、歌詞はつけないの？」

一曲聴き終えて、「これもよかった」とひとしきり褒めてくれたあとで、ふと水篠さんが訊いてきた。

「歌詞……つけたいんだけど」

挑戦はしてみたが才能がなさすぎてさっぱり書けなかった、という話を僕がしたら、

「じゃあわたし、書いてみてもいい、かな」

彼女から思いがけない言葉が返ってきて、え、と面食らった。

「水篠さん、歌詞書けるの？」

「いや、書いたことはないんだけど」

やってみたい、とやけに意気込んだ表情で彼女は言った。

断る理由はなかった。歌詞がないことには、彼女にちゃんと歌ってもらうことはできない。それになんとなく、水篠さんならいい歌詞を書いてくれそうな気がした。

歌声だけであれほど人の心を揺さぶる、彼女なら。

「ずっとね、自分の言葉を、歌えたらいいなって思ってたんだ」

彼女の申し出に僕が頷くと、水篠さんはうれしそうにお礼を言ってからとつとつと話しだした。

「自分の言葉？」

「うん。わたしの想いとか、なんかそういうのを、歌にのせられたらいいのになって。でもわたし曲なんて作れないから。そんなのぜったい、無理だって思ってたんだけど」

丹羽くんがいてくれて、よかった。

びっくりするほど臆面《おくめん》もなく、水篠さんがさらっとそんなことを言い切るので、僕は咄嗟に反応できずに固まってしまった。

一拍遅れて、また身体の奥に熱いものが広がり、それがぶわっと頬に上ってくる。顔どころか耳や首筋まで赤くなっているのが、自分でわかった。

彼女はかまうことなく、そんな僕の横でさっさと次の曲を再生していたけれど。

いつしか、僕のバイトがない日の放課後は、水篠さんと会うのが日課になった。

いちおう名目は『曲作りのため』だったけれど、実際曲を作ったり歌詞を考えたりの作業はお互い家に帰ってからやるので、半分ぐらいはただただしゃべっていた。九割ぐらいは音楽の話題を。

予想通り、水篠さんはかなりヘビーな音楽好きだった。今までなかなか知っている人に出会えなかったマイナーなアーティストのことも、本当によく知っていた。

はじめて話が通じるうれしさに、つい僕が熱く語ってしまうと、

「そういえば丹羽くんがバイトしてるＣＤショップ、この人の曲よく流れてるよね」

「あ、うん。僕が流してるから」

「え、そうなの?」

「二カ月ぐらい前から、店内のＢＧＭ、僕が選ばせてもらえるようになって」

なにを流しても文句は言われないので、最近はここぞとばかりに僕の趣味全開な選曲をさせてもらっていた。できるなら灯の歌を流したいぐらいだったけれど、さすがに勝手にそんなことをするのは駄目だろうから、灯の歌った歌の原曲を流したりもよくしていた。

僕の答えを聞いた水篠さんは、なにか納得したような顔になって「なるほど」と呟くと、

「だからあのお店のＢＧＭ、わたしと趣味が合ったんだ」

またさらっとそんなうれしいことを言ってくれるので、大いに照れてしまった。

しばらくはずっと例の児童公園で会っていたけれど、十二月に入った夕方の公園はさすがに寒くて、やがて校内の空き教室で会うようになった。

「わたしといっしょにいるところ、友だちとかに見られたら困らない？」

最初に僕が公園でなく校内で会おうと提案したとき、水篠さんは心配そうにそんなことを訊いてきて、

「え、ぜんぜん？」

僕はきょとんとしながら返した。本心だった。なにが困るのかわからなかった。むしろ見せつけてやりたいような気もした。おもに怜央とかに。

それより僕は、いつもけっこう遅い時間まで彼女と過ごしていることが気になっていて、

「水篠さんのほうは大丈夫なの？」

「え、なにが？」

「いつもこんな遅くまで残ってて。もっと早く帰ったほうがいいなら」

「ぜんぜん、大丈夫」

言いかけた僕の言葉をさえぎるように、水篠さんはきっぱりと返した。

その口調がいやに強かったので、僕がちょっと驚いていると、

「あの……わたし今、あんまり家にいたくなくて」

水篠さんも気づいたのか、ちょっと迷うように口ごもったあとで、そう言葉を継いだ。

「え、なんで？」と反射的に訊ねてからふと、彼女が頻繁にバイト先のＣＤショップを訪れていたこと、そしてその時間も、毎回だいぶ遅かったことを思い出す。お店のドアを通る彼女の顔が、いつもなんとなく暗かったことも。

「えっと」僕の質問に、水篠さんはまた迷うように口ごもってから、

「お姉ちゃんの彼氏が、たまに、家に来てることがあって」

「水篠さんてお姉ちゃんいるんだ」

「あ、うん」

僕がついずれたところに反応してしまうと、彼女は律儀《りちぎ》に相槌を打ってから、

「ふたつ上。高校は違うところ行ってるんだけど、美人でおしゃれで、わたしとはぜんぜん似てないの」

そう言って、なんだかほろ苦く笑った。ふいに出た自虐的な言葉に、僕が思わず言葉に詰まっていると、

「華やかで、すごく人に好かれるタイプで。男の子にもモテるし、だいたいいつも彼氏がいて」

ほろ苦い笑みのまま、水篠さんはぽつぽつとこぼれるように言葉を継ぐ。

「親とも、わたしよりずっと仲よくて。親もわたしよりお姉ちゃんが大好きだし、なんか、そういうの見てるとときどきしんどくて……だからあんまり、家にいたくないっていうか」

「僕も」

彼女が言葉を切ったとき、気づけば、僕の口からはそんな言葉がすべり落ちていた。

「弟が、いて」

水篠さんが僕のほうを見る。自分でも、なにを言おうとしているのかわからなかった。

「僕よりずっと、頭よくて」ただ水篠さんの苦しげな声に押されるように言葉があふれてきて、それに身を任せた。

「今年受験なんだけど、すごい高校目指しててさ、だから親もめっちゃ期待かけてて。バイト始めたのも、

弟が家で勉強に集中できるように、おまえはどっか行っとけって言われたからで」

思えば誰かに、家族の話をするのははじめてだった。怜央にも、他の友だちにも誰にも、なんとなく恥ずかしくて、情けなくて言えなかった。バイトを始めた理由を訊かれたときも、買いたいものがあったから、とか言って、ずっと適当にはぐらかしてきた。

だけど今、なぜか無性に話したくなった。

彼女と、共有したくなった。

「水篠さんはさ」

「うん」

「お姉さんのこと嫌い？」

「え？　……うーん」

唐突で不躾な質問に、水篠さんは一瞬目を丸くしてから、考え込む表情になった。目線を流し、夕焼けに染まる窓の外を眺める。そうしてしばらく沈黙したあとで、

「……嫌いでは、ないかな」

ぽつんと呟いてから、口に出してはじめて自覚したみたいに、うん、と自分の言葉に頷いた。

「嫌いじゃない」

確認するように繰り返した彼女に、そっか、と僕が相槌を打てば、

「そりゃ、たまにはむかつくこともあるけど。優しいところだってあるし。たまにね、服とかメイク用品とかくれたりするし」

「それめっちゃいいね」

「まあ、自分が似合わなかったとか、いらないやつだろうけど」

そう言って小さく笑った水篠さんの表情は、たしかにとても穏やかで、

「僕も」

気づけばまた、唇から言葉がすべり出ていた。

「嫌いじゃないんだよね」

口に出してみて、あらためて確認するように思う。

僕だって去年経験したばかりなのだから、受験のストレスならよく知っている。だから今の弟がピリついているのだって、多少は仕方がないことだと理解できる。なんなら去年の僕もだいぶピリついていたし。弟に八つ当たりのようなこともしてしまった気がするし。両親だって、去年の僕の落ち込みようを見て、弟まで同じ思いをしないよう必死になっているのかもしれない。

「そっか」

僕の言葉に、水篠さんは目を細めて相槌を打つ。さっきの僕と同じように。

それがひどく心地よくて、やっぱり好きだ、なんてあらためて思う。この声が。僕は、心の底から。

水篠さんのＣＤショップ通いは、今も変わらず続いている。あいかわらずなにか買っていくことはほとんどないけれど、音楽に囲まれているこの空間が好きでつい来てしまうのだと、前に彼女は言って

いた。

それならもういっそ水篠さんもここでバイトすれば、と一度誘ってみたこともある。思いがけない意見をもらったみたいに、彼女は目を丸くしていた。そして「いいねそれ」とけっこう本気で前向きに考えるような返答をしていて、僕はちょっと胸が高鳴った。本当に、そうなればいいのにな、って。


いちおう仕事中なので、ＣＤショップ内で水篠さんとなにかしゃべることはほとんどなかった。目が合ったら会釈をしたり、近くにいたら軽く挨拶をしたりするぐらいで。

だけど今日は違った。来店した彼女の姿を見つけるなり、僕は早足で彼女のもとへ歩み寄る。今日はそうすると決めて、ずっと待っていた。

「水篠さん、あのっ」

「え?」

声をかけると、思いがけないことだったのか、ちょっと驚いたように彼女がこちらを振り向く。目が合った途端、急に鼓動が速まった。緊張がいっきに襲ってきて、口の中が渇く。しかもこのタイミングで、店内のＢＧＭが『クリスマス・イブ』に切り替わるものだから、よけいに怒涛のような気恥ずかしさに襲われながら、

「明日、なんだけど」

僕はすっと短く息を吸ってから、思いきって口を開いた。今日学校で訊けなかった、だけどやっぱりどうしても訊きたかったことを訊くために。

「会える時間とか、あったりする？」

できるだけさり気ない調子で訊きたかったのに、声はあからさまに緊張で硬くなってしまった。

そのせいか、え、と水篠さんが軽く目を見開く。僕の緊張にあてられたみたいに。

「……あ、えっと、うん」

そうして何度かまばたきをしたあとで、彼女はぎこちなく頷くと、

「大丈夫。とくになにも、予定ないし」

なにも予定がない。さらりと告げられた彼女の言葉に、「よかった」とつい心の底からほっとした声が出た。彼女に〝そういう〟相手がいないのは、なんとなくわかってはいたけれど。だけど実際に訊いてみるまでは、やっぱりちょっとだけ、不安だったから。

「あ、じゃあ、えっと」

思わず長いため息をついてしまったあとで、僕ははっと我に返って話を戻す。そうして明日の午後二時に、例の児童公園で会う約束を、どうにか取りつけた。


休日に水篠さんと会うのははじめてだった。

少し曇って風のある日だった。厚いダウンコートにマフラーを巻き、購入したばかりの重たい段ボール箱を片手に提げて、僕はその公園を訪れる。

水篠さんはすでに待っていた。当然ながらいつもの制服姿ではなく、ベージュのダッフルコートに身

を包んだ彼女は、

「えっ、なに？　それ」

　僕を見つけるなり、挨拶もそこそこに僕の手元を指さして訊いてきた。

　驚いたように目を丸くする彼女の反応に満足しながら、「じゃーん」と僕はそれを胸の前に持ち上げてみせる。

「買っちゃいました、ついに」

　わあっ、と一拍遅れて水篠さんは目を輝かせ、高い声を上げると、

「すごい！　ついに」

「そう、ついに」

　興奮して意味もなく繰り返しながら、僕たちは公園のベンチに座った。そうしてそこで箱を開け、緩衝材の中からピカピカのノートパソコンを取り出してみせると、「うわぁ」と、また水篠さんが黄色い声を上げてくれる。

「すごい、ほんとにパソコンだ！」

「ほんとにパソコンだよ」

　ようやく手に入れたそれに、僕もこれ以上なく気持ちが浮き立っていて、喉を通る声が勝手に弾んでしまう。

　バイト先の先輩にパソコンのよさを教えてもらったあの日から、ずっとこれを手に入れるために頑張ってきた。水篠さんといっしょに曲作りをするようになってからは、よりいっそう。

「すごいね。本当に自分で稼いでパソコン買えちゃうなんて」

「まあそんな高いやつじゃないけど。作曲メインならこれぐらいで充分らしいから」

先輩にいろいろ教えてもらって、ついでにお店に同行して値切り交渉まで協力してもらって、どうにか僕にも手が届いたそれ。僕にとっては、生まれてはじめての高額な買い物だった。だから買うのは今日だと決めていた。なんとなく、ただの気分的なものだけれど。だって今日は、

「クリスマスだから」

「え」

「自分へのクリスマスプレゼント、みたいな」

ちょっと照れながら僕が言うと、水篠さんはなぜかきょとんとしていた。それから一拍遅れて、「あ、そうか」と呟く。

「今日ってクリスマスか」

「……え」

思わぬ反応が返ってきて、一瞬あっけにとられる。

まさかの、気づいていなかったらしい。僕のほうは否応にも意識してしまって、昨日、あれだけ緊張しながら誘ったというのに。

予想外の温度差にちょっと悲しくなりながら、僕はパソコンといっしょにぶら提げてきたビニール袋にちらっと目をやる。どうしようかと一瞬だけ迷った。けれどべつに、なにか期待して誘ったわけではないから、まあいいや、とすぐに気を取り直して、

「だから、こっちは」

言いながら、僕はそれを水篠さんへ差し出すと、

「うん?」

「水篠さんへのクリスマスプレゼント」

え、と目を見開いて、彼女は差し出された袋を見つめる。

ラッピングまで気が回らなかったから、CDショップの袋に入った中身はすぐに見えたはずだ。えっ、ともう一度声を漏らした彼女の目が、その中身に気づいたのか、さらに大きく見開かれる。「これ」と弾んだ声をこぼす。

「イヤホン?」

「うん。ワイヤレスの」

「うそ、すごい、なんで?」

驚いたように目を見開いたまま、水篠さんは僕の顔へ視線を戻すと、

「なんでわかったの?」

「なにが?」

「わたしが、これ、ずっと欲しかったの」

興奮気味に訊ねる彼女の目には抑えきれない歓喜がにじんでいて、僕は思わず笑った。

「わかるよ、そりゃ」

CDショップを訪れた彼女は、いつもイヤホンの棚の前で足を止めていたから。一度ワイヤレスの

ものを手に取って、値段を見てからまた棚に戻すのも見たことがある。学校で、鞄からイヤホンを取り出そうとして、中で絡まったらしいコードに苦戦している姿も、何度か見かけた。

「うそ、すごい」

それを教えると、水篠さんは頬を紅潮させ、感極まったように繰り返す。そうして「ありがと……」とうれしそうに袋へ手を伸ばしかけたけれど、途中ではっと思い出したように、手を止めた。

「あ、あのでも」おろおろと視線を上げ、僕の顔を見ながら、

「わ、わたし、丹羽くんにプレゼント、なにも用意してない」

「え、いいよそんなの」

なにを言い出すのかと思えば。なんだか泣きそうな顔になって口走る彼女に、僕は笑って首を振る。本心だった。そんなのどうでもよかった。むしろ彼女からは、なにももらいたくなんてなかった。

だって、もうずっと、

「たくさんもらってきたから。水篠さんからは」

「え、なにを……」

「毎日、生で灯の歌声が聴けるだけで、僕からしたら幸せすぎるし。そのうえ自分の作った曲を歌ってもらえるとか、なんかもう、これ以上、水篠さんからなにかもらったら罰が当たりそうだから」

あの日。

はじめて彼女が僕の曲を口ずさんでくれたときの感動は、きっと一生忘れられない。

あんなにも心が震えた瞬間は、今までなかった。生きていてよかった、なんて、そんなことすら心の

底から思ってしまったぐらい。一度でもそんな気持ちにしてくれた彼女に、これ以上なにかを望むなんて、きっと本当に罰が当たるから。

「だからもらって。いつもありがとう、ってことで」

まだ恐縮したように固まっている彼女の手に、僕はそう言って袋を押しつける。

それでも水篠さんはしばらく、僕の顔と手元の袋を見比べながらおろおろしていたけれど、

「……あり、がとう」

やがてひどく慎重にそれを受け取ると、ぎゅっと自分の胸元へ引き寄せた。

「うれしい」と噛みしめるように呟く。

「大事に、使います」

「うん」

「……あの、丹羽くん」

袋をガラス細工でも扱うみたいな動作で鞄にしまった彼女は、そこでふと、鞄の口を開けたまま迷うように動きを止めた。「えっと」そうしてそこに入っているらしいなにかを見つめながら、しばらく逡《しゅん》巡《じゅん》したあとで、

「プレゼントの、代わりには、ならない、だろうけど」

「うん?」

「これ……」

おずおずと彼女が取り出したのは、一冊のノートだった。すぐにはピンとこなくて、差し出されたそ

れを僕がきょとんとして眺めていると、

「か、歌詞を」

「……え」

「書けたの。一曲」

彼女の言葉に目を見開くなり、僕はひったくるような勢いでそのノートを受け取っていた。開くと、最初のページが丁寧な文字で埋められていて、心臓が音を立てる。

読んでいいかと許可をとる間もなく、目に入った瞬間にはもう、僕は引き込まれるように夢中でその文字を追っていた。

読んでいくうちに、鼓動が速まり、耳元で響き出す。

ノートをつかむ指先に、じわりと力がこもる。

わたしの想いを歌にのせたい。以前そう告げた、彼女の言葉を思い出して。

――死にたい、だから、歌いたい、と。

どこまでもまっすぐに、切実に、そんな思いが、そこには叫ばれていたから。

「……水篠さん、死にたいの?」

読み終えるなり、真っ先にこぼれてしまったのはそんな質問だった。

ノートから目を上げ水篠さんの顔を見ると、彼女はちょっと恥ずかしそうに目を伏せて、

「前は、ときどき思ってた」

「え」

「でも、今は思わないよ」

「……なんで」

思わず漏れた疑問符は、両方にかかっていた。

どうして前は死にたいと思っていたのか。どうして今は思わなくなったのか。

だけど「なんでだろう」と呟いた彼女は、後半の意味でとったらしく、

「曲作りが、楽しいからかな」

「……え」

「うん、たぶんそうだ」

自分の言葉ではじめて自覚したみたいに、水篠さんはひとりでうんうんと頷く。その表情はたしかに明るくて、ふいに胸が熱くなるのを感じた。鼻の奥がつんとする。よかった、と心の底から思う。

途端、熱がまぶたの裏にまで広がってきて、僕はあわてて散らすようにまばたきをしながら、

「この歌詞」

「ん?」

「めちゃくちゃいい」

「えっ、ほんとに」

内容に動揺したせいで伝えそびれていた感想を伝えると、ぱっと水篠さんが表情を輝かせる。

うん、と僕は強く相槌を打って、

「これでちゃんと曲作ろう。勉強して、早くパソコン使いこなせるようになるから。それでめっちゃい

い曲作って、水篠さんが歌って、投稿する」

「うん。いいね」

「めっちゃバズってやろう。このまえの比じゃないぐらい。それで」

「うん」

「見返してやろう。怜央とか」

勢いに任せて口走ってしまったところで、「え?」と水篠さんがきょとんとした声を上げた。怪訝そうに僕の顔を見る。

「なんで有賀くん?」

「……あ、いや」

不思議そうに訊き返され、しまった、と僕が焦っていると、

「有賀くんは、もういいよ」

なにか察したみたいに、水篠さんは小さく笑って言った。

それに僕が、え、と訊き返せば、

「見返すとかはいいから」とても穏やかな声で、言葉が継がれる。

「これからも丹羽くんと、楽しく曲作りができればいいな」

彼女は公園のほうへ視線を飛ばし、眩しそうに目を細めていた。

そんな彼女の横顔を見つめながら、僕はつかの間、息ができなくなる。胸の奥でふくらんだ熱が、またいっきに喉元まで込み上げ、視界が揺れる。

いつも彼女が、僕にくれるその熱に。

「……うん」

僕も、と返した声は、少し掠れた。

彼女の横顔から視線を外し、僕も公園のほうを見る。彼女の視線の先を、追うように。

今、僕は彼女と同じ景色を見ている。そのことが途方もなく、うれしかった。

小説にまつわる音楽を聴こう！
音楽を読んでみた
小説を聞いてみた
オトトモジ
双葉社&Eggs&エブリスタによる
「小説」×「音楽」新プロジェクト
小説と音楽で広がる
サスペンス・ストーリー
生贄たちの午後
憧れのタワーマンションで
繰り広げられていたのは、
女性住人同士の
おぞましいマウント合戦。
不可解なトラブルの連続、
平凡な主婦を追い詰める
タワマンリンチが
いま始まる——。
人間の裏側の恐ろしさで
話題作を連発する
気鋭作家による新たな
ドメスティックサスペンス！
清水セイカ
Shimizu Seika
定価1650円（税込）
978-4-575-24665-0
画：めいにー

小説にまつわる音楽を聴こう！
音楽を読んでみた 小説を聞いてみた
オトトモジ
双葉社&Eggs&エブリスタによる「小説」×「音楽」新プロジェクト
人気歌手のために作られた追悼アルバム『祝いの歌』。
しかし、そこには怖い噂が……。
「このアルバムを聴くと同じ死に方をする」。
この“本当の意味”をオカルト系配信者が暴く!
意味が分かると怖い謎解き
【祝いの歌】
藤白圭
Fujishiro Kei
定価1320円(税込)
978-4-575-24664-3
シリーズ累計40万部突破!
『意味が分かると怖い話』の著者による
最強の「意味こわ」×「謎解き」小説！
謎解きをしながら小説を読み進める
“遊べる”新感覚ホラー
画:LOWRISE

此見えこ（このみ・えこ）

福岡県出身。『きみが明日、この世界から消える前に』でデビューし、同作は13万部突破の大ヒット。高校生の恋愛ものを中心に、以後もヒット作を連発。コミカライズ作品もその独自の世界観が話題になっている。

今夜《こんや》、死《し》にたいきみは、
明日《あす》を歌《うた》う

2023年10月10日　第1刷発行

著者　此見えこ

発行者　島野浩二
発行所　株式会社双葉社
〒162-8540　東京都新宿区東五軒町3番28号
電話 03-5261-4818（営業）
電話 03-5261-4835（編集）
https://www.futabasha.co.jp/
【双葉社の書籍、コミック、ムックが買えます】
協力　灯橙あか、ブリッジ、エブリスタ、Eggs
印刷所　中央精版印刷株式会社

本書は書き下ろしです。本作品はフィクションであり、登場する人物、団体名は全て架空のものです。

ISBN978-4-575-24690-2 C0093